MAGYD CHERFI

La vie de ma mère !

roman

ACTES SUD

À ma petite sœur Zina,
tu es partie frangine et, par bonheur,
avec le sentiment d'une vie bien remplie.

Elle vivait seule désormais, Taos, sans contrainte aucune, plus de mari, plus de bouches à nourrir, plus d'honneur à sauver, seule enfin, enfin libre d'être ce qu'elle avait toujours redouté de devenir.

Je n'en étais pas à ma première inflammation mais ce matin-là, tout indiquait la fin. Plus jamais tu ne courras, frère, plus jamais tu ne joueras au foot. J'ai maudit le vieux canasson que j'étais devenu. J'ai traîné ma patte jusqu'à la cuisine et trouvé la force de faire partir un café. Devant ma tasse, j'ai encore pleuré, longtemps, sans bruit, j'étais si chagrin qu'on aurait pu apercevoir au fond de mes yeux un cimetière de jambes disloquées. Entre deux tartines, j'ai glissé un Nurofen, histoire d'atténuer la migraine qui a suivi et me suis rendormi devant la chaîne info qui lançait un sondage à ses téléspectateurs : "le grand remplacement : mythe ou réalité ?" M'étais fait ma petite idée.

Vers les dix heures, un SMS m'a réveillé. Ma cheville allait mieux. J'ai ouvert les yeux, pris mes lunettes de presque vieux et ravalé ma glotte. "Papa nous a quittés hier matin, si vous voulez assister…" Bla, bla… D'abord j'ai cru que c'était un de mes frères qui m'écrivait, qu'il s'agissait de mon père qui n'était pourtant plus de ce monde, et puis j'ai lu la suite : "un dernier hommage lui sera rendu dans la petite église de Saint-Bourg-le-Roi. Un vin d'honneur sera servi", etc. Je n'avais jamais reçu ce genre de convocation funeste. Ce "papa" tout à fait intime m'a troublé. Je dois vous dire que, dans la tribu rebeu, point de faire-part, c'est un coup de fil qui vous assomme sans cérémonie : "el hadj est mort, on l'enterre samedi". Me suis dit – c'est quoi cette injonction à faire mien un père que je ne connaissais pas, cette invitation forcée à éprouver une peine ou une compassion qui n'ont pas lieu d'être ? J'ai presque regretté que ma cheville ne m'immobilise pas davantage.

À la relecture, me suis senti pris dans l'étau d'un chantage crade et j'en ai voulu à Boris, mon ami d'enfance et associé de toujours, d'user de manière aussi sournoise de la corde sentimentale, d'ainsi m'imposer un deuil qui ne m'appartenait pas.

Il aurait dû deviner que j'en soupais des politesses qu'on s'impose pour passer pour quelqu'un de bien. Est-ce que les amis ne sont pas ça : des gens qui vous évitent d'être plus faux cul que nature ? Un vrai ami m'aurait dit : "j'ai peur d'être seul, viens, viens s'il te plaît". Boris, bonhomme ombrageux par défaut, devait s'imaginer seul devant la tombe de son père, alors, plutôt que de prendre un risque qui l'aurait anéanti, il avait dû se mettre en tête de renverser la situation en s'entourant du plus de monde possible.

*

Évidemment c'était l'hiver, ou tout comme, il faisait froid devant cette petite église de campagne que jouxtait un cimetière à l'ancienne. Ambiance campagne. Sur les têtes reposaient des casquettes à la française, bas le front – ça fouettait le repli sur soi, une mélancolie d'avant qui m'a irrité –, et puis plein de foulards en plastique transparent qui couvraient les têtes des femmes les plus âgées. Impression tricolore mais couleurs en berne, j'avais plus froid que les autres, ça commençait bien. Seul le parking dénotait, encombré qu'il était de SUV diesel appartenant à cette race de citadins venus construire à la première couronne. Ça parlait bas, ça parlait d'autre chose.

Un peu à l'écart, j'ai allumé une cigarette, ça n'a pas été du meilleur effet, au bout de deux taffes, je l'ai vite écrasée, une autre alerte en direct du ciboulot m'a conseillé de récupérer mon mégot.

J'ai suivi le rythme funéraire en m'étonnant qu'il faille prendre son temps pour enterrer quelqu'un. La petite foule avançait sans peine exagérée, on était là par devoir, par collusion familiale, on portait le même nom que le défunt, on avait été son voisin ou son boulanger, bref, on aurait été mieux au chaud devant BFM. Soudain, derrière moi, j'ai entendu – c'est le cordon-bleu. J'avais été avec Boris propriétaire d'un restaurant gastronomique du côté du Mas-d'Azil.

Ça m'a ragaillardi. En d'autres lieux, on aurait vu un Arabe, ici, je n'étais plus Slimane Kaoui, j'étais "quelqu'un". Boris avait fait son boulot.

Tout ça m'a donné le temps de l'apercevoir près de la grande entrée, il accueillait les uns les autres dans une attitude assez sobre, le défunt faut dire était mort de sa petite vieillesse. Un peu voûté, Boris jetait des regards au loin, par-dessus l'épaule des gens qu'il étreignait, on aurait dit qu'il nous comptait, qu'il évaluait l'importance de l'assistance, je l'ai senti dépité. Une vilaine idée m'est montée au cerveau – si tu voulais du monde fallait inviter des Arabes, c'est des familles lourdes.

Quand je suis arrivé à sa hauteur, il n'y croyait pas, ça l'a renversé que quelqu'un qui ne soit pas de la famille se soit déplacé. Il m'a souri, je lui ai souri à mon tour, heureux de ne pas avoir ignoré ce presque appel au secours. Ses bras m'ont entouré, j'ai senti le malaise d'adolescents amoureux quand ils se touchent la première fois.

Après l'épreuve des étreintes, je suis entré dans l'église. Bon sang ! Il y faisait plus froid que dehors et j'ai moqué de pauvres radiateurs accrochés aux murs, qui prétendaient réchauffer trois cents mètres carrés de banquise.

Plus tard, j'ai encore été étonné qu'il reste des Français à connaître par cœur tous les rites, les chants, les réponses aux bons endroits, synchrones avec le curé, je n'avais conservé, moi, que trois pauvres mots de kabyle et une demi-sourate.

Je pensais que ç'en était fini de l'Église apostolique et romaine, mais non ! Ça vivotait encore au fin fond de l'Ariège. Égal à moi-même, je n'écoutais pas : j'analysais l'état d'un petit bout de France cramoisi par les crises successives de la ruralité et les assauts du numérique.

C'est drôle, j'ai toujours eu un sentiment bizarre en entrant dans les églises, un sentiment de trahison des "miens", comme si je m'inclinais devant un dieu plutôt qu'un autre. M'enfoncer jusqu'à l'autel, c'était provoquer le Prophète de manière frontale et je voulais bien ne plus croire, mais trahir, non. Ah, si seulement Boris prenait toute la mesure de mon sacrifice, il m'aimerait sans doute encore davantage.

Les proches se sont naturellement installés aux premiers rangs, ont mis leurs portables en mode avion, portables qui déjà ne captaient que tchi, et quand tout ce petit monde a trouvé sa place, j'ai vu surgir comme une apparition. C'était un prêtre noir, un Africain chauve et rond comme un curé blanc, sauf qu'il était marron foncé. Un moment, il a porté sa main à sa bouche pour un rototo, ça m'a détendu. Dans la nef, personne n'a semblé s'étonner de cette présence incongrue, le raciste c'était moi, le Kabyle devenu blanc. J'étais le seul à échafauder un je-ne-sais-quoi de tordu – les nouveaux envahisseurs sont là, armés de croix, c'est l'entrisme par la bure.

Par contre, me suis étonné de connaître le "je vous salue Marie" par cœur, souvenir sans doute des sœurs de l'abbé Pierre qui ont porté mon cours élémentaire à bout de bras, mais je n'ai pas ouvert la bouche. Pareil pour le signe de croix, j'ai gardé mes mains dans mes poches, la peur encore d'être montré du doigt par des anges frisés – qu'il prie s'il le veut, Jésus est un de nos apôtres, mais qu'il n'en fasse pas trop, ce *kouffar*. Je n'ai plus écouté le curé, je m'écoutais moi – le grand remplacement ! c'est donc ça ! la preuve est là ! incontestable, on les envahit par ce qu'ils ont de plus sacré : l'église.

Ensuite j'ai pensé : un enterrement devrait être l'occasion d'un réquisitoire, la mort ne doit pas tout absoudre. Oh, comme j'ai eu envie de parler de mon père à des inconnus, à des gens qui n'auraient pas d'a priori à son endroit, envie de redonner vie à cet esclave qui n'a compté pour personne, le faire exister à nouveau, ce casse-bonbons, oui, lui, le musulman, dans une église pyrénéenne, ça aurait eu de la gueule. Ça m'aurait plu parce qu'un étranger parfois vous émeut plus qu'un proche, il y a des situations où on prend pour argent comptant la peine offerte à tous les vents. Oui, j'en salivais de punir tous les présents, de les désosser en termes choisis sans qu'ils aient l'opportunité d'une riposte, les punir d'être de vrais Français ; je veux dire, sans efforts.

C'est plus tard, au moment du vin d'honneur, que Boris, affairé à remercier tout un chacun, a fini par me présenter à sa mère. Nous étions chez elle, dans un décor de meubles obèses, tout était massif. Une grosse gazinière noircie, un gros poêle à bois et un congélateur carré encombraient la salle à manger. L'ambiance était sereine et fumait une odeur de soupe refroidie qui imprégnait tous les murs, un mélange de garbure et de chou blanc écœurant, me suis senti pénétré par tout ce que la France produisait pour moi d'irritant, à commencer par ses traditions, qui m'expulsaient cette fois par l'odeur. De grosses fleurs comme trempées dans le tissu de nappes impeccables suppliciaient les yeux et, dessus, de pleines assiettes de cochonnailles, du cochon partout, des chiffonnades de jambon de pays, des saucissons de toutes les tailles, accompagnés de cornichons, des blocs de pâté en croûte ou aux truffes qui sentaient bon. J'ai trouvé dégueulasse que Boris n'ait pas pensé à me réserver une assiette sans porc, j'aimais qu'on ait à mon égard ce nec plus ultra de la délicatesse. N'étais-je pas son meilleur ami ? Son seul Arabe ? Ne m'étais-je pas déplacé ? Ne lui avais-je pas répété – je suis pas musulman, juste je mange pas de porc ! Alors, puisqu'il y tenait tant, à ma présence, pourquoi ne l'a-t-il pas honorée à sa hauteur ? Particulièrement lui qui me secondait en cuisine depuis dix bonnes années. Lui qui m'avait vu mitonner, cuire, mijoter toutes sortes de sauces, de légumes en provenance des plus lointaines contrées, lui plus que tout autre aurait dû entendre sonner cette alarme-là – jamais de porc. Soudain cet impair a pris dans mon cœur la dimension d'un désastre, c'était la goutte de trop, un deuil qui dans mon cœur a remplacé le sien et qui l'enterrait, lui. Ciao, plus d'ami.

Depuis la cuisine une voix s'est écriée – on a du vin chaud ! J'étais cuistot, je ne savais pas qu'on pouvait boire du vin chaud, ça m'a fait un haut-le-cœur, il est resté dans son gobelet.

Toujours cette schizophrénie chez moi de me fondre en Arabe quand trop de Blancs s'agglutinent au mètre carré… et l'inverse au milieu de trop d'Algériens.

Sans me départir d'un sourire en bois de chêne, j'ai dit non à une deuxième tournée de vin chaud, avec la peur de me faire remarquer – c'est les Arabes, y boivent pas d'alcool ! Et moi de répondre : non ! je bois pas d'alcool et j'suis pas arabe, démerdez-vous. D'autres lèvres soufflaient sur les gobelets, les miennes s'étaient soudées. J'ai pensé que, dans toute réunion familiale, faudrait veiller à la dimension composite, faire en sorte qu'il y ait d'autres couleurs, d'autres origines, des éléments exogènes susceptibles d'oxygéner les échanges et les plats. Ici, mon cul ! Tout était du cru.

Et ça parlait des saisons, des récoltes, de maladies d'enfants, du wifi trop faible dans toute la vallée, de rien qui me donne envie d'être des leurs.

— Je te présente ma maman ! m'a fait Boris.

Une petite dame frêle comme une feuille depuis longtemps au sol m'a souri, presque intimidée, presque gênée d'avoir à me faire de la peine. Une voix nasillarde à l'accent béarnais a hurlé à nouveau :

— Borrris ! Viens voirr !

Il a tourné la tête, s'est éloigné, j'en ai profité pour présenter mes condoléances à sa mère. Mais voilà, à peine finie ma phrase qu'elle a presque cherché à me consoler.

— Bô, on y passera tous, va, y a plus terrible que la mort, y a la vie.

C'était étonnant, elle essayait d'éteindre la plus petite étincelle d'émotion qui me venait, voulait presque remplacer la tristesse par de l'amertume, refusait que je m'apitoie sur elle. Pris d'une curiosité malsaine, je n'ai pas perdu une goutte de ce venin qui lui sortait de la bouche, encore une fois je déchiffrais plus que je n'écoutais…

— Il en a bien de la chance, lui.

C'était presque un reproche, comme si survivre à un proche, c'était ça, la punition. Elle semblait dire que le vrai purgatoire, c'était de durer plus que nécessaire sur la terre, ça m'a rappelé quelqu'un, enfin, quelqu'une.

Et puis, comme ça, sans crier gare la peine s'est effacée pour un je-ne-sais-quoi de plus hargneux comme une chanson de Cloclo – le plus malheureux c'est celui qui reste. Elle ne se doutait pas que je m'en battais les noix, de ce deuil auquel j'avais été convié, un peu tiré par la manche. Elle avait effacé les quelque six ou sept ans où nous étions voisins.

Ce que moi je garde en mémoire, c'est maman qui traitait Boris comme un de ses fils et s'il était présent à midi, il s'attablait comme un sixième frère, juif ou pas juif, on était d'abord un enfant.

Elle prononçait "Bourrisse" – Bourrisse ! Mandjé ! (Boris ! Mange !) Boris, le prénom la défrisait, elle le trouvait affreux à la prononciation – c'est quoi ça Borrisse, on n'est pas des chiens !

Et puis encore… – ah ! je l'appellerai bien Améziane, moi ! Il est juif d'accord mais il est beau.

Il était brun.

Dans le doux brouhaha qui enveloppait la salle à manger, la veuve continuait de confesser toutes sortes de petits malheurs, des souvenirs cruels comme ces gestes de recul quand elle lui tendait ses lèvres, au défunt – je le dégoûtais bien, va ! Puis les mégots plein les cendriers que le défunt ne vidait jamais, les piles de *Dépêche du Midi* protégées comme des reliques et ficelées pour garder la chronologie des parutions, dont il ne voulait pas se débarrasser, et puis ce maudit potager qui lui permettait de fuir les griffures conjugales. La digue s'affaissait, plus de filtre, plus rien. Je crois qu'elle attendait que je fasse un compte rendu en bonne et due forme à son rejeton, lui dise : "elle a souffert en silence et tu n'as rien vu" ou "ta naissance n'a rien arrangé". Un moment est venu où le regretté n'avait que des défauts. J'étais mal. Pour abréger, j'ai dû dire – Boris est là, vous pouvez compter sur lui, et ses yeux ont roulé vers le plafond. C'était gênant pour moi, cette cruauté de veuve un jour de deuil, presque offensant que, même endeuillée, elle puisse éprouver du dégoût pour sa progéniture.

Puis, me tutoyant sans précaution :

— Tu sais, le pire c'est pas la mort, c'est de se retrouver seule.

C'était bien ça, elle regrettait de ne pas être partie avec son défunt mari, semblait presque en colère, comme abandonnée exprès, elle l'avait mauvaise de ne plus avoir de compagnon de route, aussi inconsistant soit-il, voilà ce que je lisais entre les lignes. C'était pas aimer ou être aimé qui comptait dans la vie, mais être *accompagné*.

— L'amour, ça va un temps, c'est pas ça qui compte, ce qui compte c'est donner le meilleur de soi-même, c'est pardonner, j'ai résumé – mais qu'avait-il donc à se faire pardonner, le bel enterré ?

Mon vœu s'est exaucé, elle ne parlait plus, elle ouvrait des écluses géantes, ses bras se dressaient presque pour attraper l'âme au vol et lui flanquer une rouste maison. C'était une avalanche, et qui mieux qu'un inconnu est à même de recueillir les pires insanités. Boris, qui allait et venait, et qui me savait maître du sous-texte, a bien essayé de m'extraire en me tirant par la manche, il ne voulait pas que je sache, que j'apprenne par un détour insidieux ce qu'il se refusait à voir, la banale agonie d'une mère. J'ai pensé – les Français sont des anciens Arabes.

Boris me redoutait à cause de cette chose que je lui avais dite un jour – on ne m'a appris à lire qu'entre les lignes. Il savait que je tenais ça de ma mère.

— Allez, viens boire un coup, Slim, maman, fous-lui la paix !

— Mais non, tout va bien ! que j'ai insisté.

Elle me parlait comme si elle était seule face à elle-même, ne craignant nul danger et, sans le savoir, elle soulevait des tapis où s'était amoncelée toute l'ingratitude anonyme des maris qu'on supporte toute une vie.

En somme, cette femme s'était fait ratatiner silencieusement, sans cri, sans plainte, sans coups visibles qu'on eût pu dénoncer.

C'est là, c'est là que j'ai pensé à ma mère, à l'invisibilité des tartes, ma pauvre mère, elle aussi avocate têtue de son bourreau de mari, car toujours il s'était agi de sauver son honneur à lui, en vérité : ses couilles. Combien de fois l'ai-je entendue – ton père, ne fais pas honte à ton père ! Car nous aussi devions lui sauver les couilles, à papa. Parce que les couilles, chez nous, passent avant le divorce.

C'était ça, la vie de maman, sauver les meubles aussi moisis soient-ils, faire bonne figure, singer le respect. Toute une vie à camoufler l'envie de sauter depuis le pont Neuf. Que d'occasions manquées pour finir agonisante dans un petit T2. Tout ça c'était ma mère, que je n'avais pas revue depuis près d'un an.

En me remémorant le "sacrifice", j'aurais aimé dire à la mère de Boris – cette souffrance c'est celle de ma mère, je vous jure ! Sauf qu'il eût été indélicat, auprès d'une femme fraîchement veuve, d'évoquer sort plus sordide que le sien. En attendant, j'en redemandais, parce que le visage de ma mère se calquait sur celui de la veuve, il me semblait que cette femme parlait pour elle, parlait d'elle, c'était ma mère avec des mots dits en français, ma mère "en blanche". Et j'ai voulu la revoir.

Boris a fini par m'arracher à sa génitrice, je l'ai suivi sans quitter des yeux cette femme qui rangeait déjà ses petits gobelets de plastique, pressée de se débarrasser de la cérémonie, de ses habits de deuil et de son fils. Juste une phrase, ensuite, que j'ai regrettée amèrement – tu peux venir à la maison quelques jours, je suis célibataire ces temps-ci. Quand il m'a répondu – super ! j'ai aussitôt eu envie de m'émincer la langue à l'Opinel.

*

J'ai conduit le cœur serré, les tripes piétinées. J'ai pensé à maman, à l'idée qu'elle meure sans que je sois là, sans qu'elle ait vidé son sac. Oui, soudain, j'ai eu peur de traîner jusqu'à la fin de mes jours un inconsolable sentiment d'inachevé – je te connais pas, m'man, et je suis déjà vieux, faut que je sache qui tu es, j'ai du temps maintenant, je suis séparé, au chômage et sans horizon. Parle-moi de toi, fais-moi souffrir mais dis-moi des vérités, j'ai besoin de savoir qui je suis, et deux autres derrière moi piaffent d'en savoir davantage.

Soudain je n'ai plus eu envie de rien, plus envie de gagner ma vie à vendre des burgers avec un Boris à mes basques, obsédé par la marge bénéficiaire, mais envie à nouveau de ma femme, de me débarrasser d'enfants devenus adultes et qui passaient plus de temps chez moi que dans l'appart que je louais sonnantes et trébuchantes. Pire ! Envie d'une mère pour croire qu'il restait en moi quelque chose à sauver, comme si pour être quelqu'un de bien fallait que la source relève de ce qu'il y a de plus pur au monde : la mère.

En conduisant, je souffrais comme un coupable cherche son juge pour soulager sa conscience. J'ai murmuré – maman. Et en prononçant les deux syllabes, j'ai sombré à m'en donner le vertige et j'ai ralenti. Après, j'ai cru me distraire en allumant la radio mais c'était Aya Nakamura, un truc à se trémousser et je voulais pas de ça. Stop.

Au fil des kilomètres, je me suis convaincu qu'on ne pouvait haïr sa mère tout à fait, que j'avais l'âge de comprendre, que j'avais beau ne me rappeler que du pire, le meilleur ne pouvait être effacé. Me suis mis à chercher des bons souvenirs pour faire la courte échelle à un peu de compassion, des jours de mains glissées sous ses aisselles en plein hiver, des jours d'huile d'olive quand mes poumons toussaient à la mort, des jours d'eau de Cologne sur mes tempes enfiévrées, des jours où je comptais plus qu'elle. Au bout de quelques minutes, me suis senti mieux, il restait des choses à chérir.

Il y avait bien de maman dans cette veuve écartelée entre le devoir de disparaître au nom de sa satanée tribu et le désir tu de la faire voler en éclats. Seule différence, si la mère de mon ami avait déposé les armes, maman s'en accrochait à la ceinture, pour ne pas s'éteindre incognito.

Arrêt pipi, nuit noire en pleine cambrousse. J'ai allumé mon iPhone et je suis retombé sur le SMS de Boris – "papa nous a quittés", et le passé m'a bondi à la figure sous la forme d'un visage, celui de ma mère, j'entendais ses supplications, sentais ses bras s'agripper à mes épaules et me tirer vers le vide – mon fils adoré, t'as oublié ta mère, mais qu'est-ce que je t'ai fait, lumière de mes ténèbres, canne de vieillesse tant promise, ne t'ai-je pas aimé plus que tout ?

J'ai compris qu'il était temps de la retrouver, de faire la paix avec elle pour vivre ce qui me restait à vivre sans les remords qui torpillent une vie. Faut que j'aille voir si je suis encore le frère de mes frères et celui de mes sœurs, j'suis quand même pas né fils unique !

*

De retour à l'appartement j'ai senti une lame de glace me traverser le ventre, ce jour de deuil s'était glissé dans mes veines comme la répétition d'un autre, à venir. J'ai tendu l'oreille, mes mômes n'étaient pas là ; au moment où je me serais enfin confié à eux, ils brillaient par leur absence – et dire que, deux heures plus tôt, je rêvais qu'ils plient bagage. Dommage, je me sentais ce soir de leur dire – je vous aime ; de leur dire – je suis content que vous n'ayez pas envie, à vos âges, de me quitter comme je crevais de quitter mes parents. Et puis, il faut que je leur dise ça, aussi : mes enfants j'aurais aimé aimer mes parents.

Je leur avais peu parlé de ma mère, à peine évoqué un fantôme des temps anciens qu'ils n'auraient pas reconnu dans la rue. Ils se doutaient de l'absence d'atomes crochus, savaient que j'essayais de les ménager en leur évitant les visites dominicales, la comédie des goûters qui font croire qu'on a une mamie gâteau, la leur ne l'était pas. Idem pour leurs oncles et tantes qu'ils ne connaissaient qu'en photo. En guise de famille je leur avais offert rien moins qu'une dépouille en photomaton. M'étais plutôt débattu pour leur trouver des proches, des amis qui ont joué à merveille des rôles d'oncles de substitution, Boris en tête. Heureusement, la famille ne leur avait jusque-là pas trop manqué.

J'avais cette chance d'adorer mes enfants, m'étais arrangé pour leur plaire à mort, toujours, ne leur répondre que "oui", c'était facile d'aimer tout en eux justement parce qu'ils ne me ressemblaient en rien, j'avais réussi ça, en faire mes contraires.

Tout cela ne m'a pas apaisé, surtout pas devant les yaourts qu'ils encastraient l'un dans l'autre en des tours fracassées et tordues, devant tous ces câbles pour accéder aux réseaux sociaux, et les miettes de pain au lait repoussées, monticule, en bord de table mais pas débarrassées. Manger sans retenue, c'était la trace de leur liberté, juste que tout traînait, rien n'était suspendu, ni plié, le sol était jonché et les armoires vides. Mais comme il était grisant, ce laisser-aller ! Grisant de passer derrière eux, même pour un coup de serpillière, l'impression de récurer des promesses. Dévasté, pourtant j'ai saisi des portraits, celui de mon ex-femme avant que tout ne vole en éclats. Dommage, on frôlait la perfection, une raison valable de durer. Avec Leïla, on s'en sortait haut la main. Malgré notre séparation, on tenait à se voir régulièrement pour faire le point, parfaire l'éducation d'enfants devenus, par le charme de l'informatique et des applis numériques, nos propres parents. Alors que s'était-il passé avec Leïla ? Je n'en savais trop rien. La paresse du cœur qui émousse les sentiments, les gaffes inhérentes au temps qui passe et, enfin, le désintérêt que suscitait mon bizness d'alors : le food truck – chérie, j'ai trouvé le burger universel, genre de pizza kabylo-juive… à étages. Ou encore – ça y est, j'ai le hamburger de la mort à base de piment d'Espelette, genre arabo-basque ! Viens goûter !

— Oh non !

Mes expériences n'étaient pas toujours heureuses. Tout mélanger, c'était mon obsession, être indéfinissable mais toujours épicé, comme un portrait lassant de moi-même.

Donc, avec les années, je m'étais recroquevillé sur l'essentiel, une femme qui m'aimait encore et deux enfants devenus le seul centre d'intérêt, la seule récompense, m'étais-je convaincu, qui vaille qu'on affronte l'adversité. Tout ça jusqu'à ce que Boris débarque dans ma vie. C'était un dimanche, sur un terrain de foot, il avait gardé son coup de hanche, des appuis criminels qui effaçaient ses adversaires les plus vifs. Eden et Elias avaient aimé que j'aie ce genre d'athlète pour ami – invite-le p'pa ! Et ce fut comme si on ne s'était jamais quittés.

Sur les photos, il était partout, presque envahissant, pour un peu on l'aurait pris pour le mari et moi l'oncle. Sur l'une d'entre elles, c'est lui qui passait son bras par-dessus l'épaule de ma femme. Leïla, mon amour, elle se dressait sur deux jambes solides, veillait sur moi comme sur un nouveau-né, elle me prenait en entier, comme promis depuis l'adolescence, sans faiblir jamais, mais assurée de ma promesse de lui être fidèle, toujours, oubliant qu'on peut tromper sans passer à l'acte. Je suis resté l'inamovible adoré, comment voulez-vous que des copains y survivent. Un temps, elle a même aimé que je cuisine, ça nourrissait une espèce d'illusion féministe. Elle s'asseyait, je la servais et le plus adorable, c'est qu'elle peinait à assumer ses deux pieds sous la table. C'était irrésistible. "J'aime tout ce que tu fais !", voilà ce qu'elle disait, ça me clouait le bec. M'encourager d'abord, tel était son credo, avant le souci du goût. Pour elle, aimer c'était *tout* aimer de l'autre et l'inverse valait pour ceux qu'elle prenait en grippe.

J'ai marché vers la cuisine, c'était douloureux de n'y avoir rien à faire, de ne pas me saisir d'un couteau pour émincer ne serait-ce que de pauvres champignons, douloureux de ne rien avoir à imaginer d'innovant, encore plus douloureux de ne pas avoir à dire – goûtez-moi ça, même au livreur de Deliveroo. Sans Leïla, ma vie perdait la moitié de sa motivation et je mesurais mieux combien c'était pour elle que je m'appliquais à bien parler aux femmes, que j'éliminais toute la rhétorique des goujats, pour elle que j'allais plus loin dans le curetage de mes oreilles, pour elle que je surveillais mon poids. Six mois après notre séparation, j'en étais encore à chercher… Merde ! ma carte grise ; les verres à vin ; le filtre à café ; le code Canal ; mon chéquier ; ma carte Vitale, merde ! Et merde ! Chaque jour une question : et mes anticoagulants ?

Restait Boris, mais sûr qu'à cette heure, il était occupé à se ramasser à la petite cuiller. Il attendait sans doute que je l'appelle, ce que je m'apprêtais à faire, mais j'avais donné mon ratio d'empathie et l'iPhone s'est échoué sur le canapé. Ce que je voulais, moi, c'était ma femme et un peu mes enfants, comme sur la photo, que c'était bon de les deviner complices et j'étais la victime consentante de vannes qui m'étaient destinées.

Me suis endormi en serrant le portrait de la famille américaine. Ensuite, je ne sais pas ce qui m'a réveillé au milieu de la nuit. J'ai tendu l'oreille. Derrière la cloison, j'ai reconnu la voix fluette de mon Elias, un gémissement d'enfant, presque émouvant, que j'aurais reconnu entre mille, et qui se mêlait à d'autres, plus rauques, qui appartenaient à Antoine. On aurait dit des couches superposées de plaisir partagé. Puis, des suffocations sont venues, qui m'ont noué les tripes, j'étais dans le cirage, émotion trop forte. L'air semblait leur manquer, le mien saturait ma poitrine. Bon sang ! C'était bien eux, c'était bien lui, mon fils adoré engourdi du plaisir d'aimer un homme.

Et je ne voulais pas croire ce que j'entendais, pas croire que mon fils… J'ai bien sûr pensé à un porno mais des mots m'ont convaincu que c'était bien les voix d'Elias et d'Antoine, des mots que je n'avais jamais prononcés durant l'acte comme “je t'aime” ou “amour de ma vie”, et je me suis forcé à ne pas me boucher les oreilles, je voulais accepter cette évidence sans y croire, peut-être jouaient-ils à un jeu quelconque, c'est ça, ils simulent une baise pour se distraire et j'écoutais toujours pour me convaincre que je n'étais pas fermé à d'autres sexualités que la mienne, que je n'étais pas plus homophobe que ça. Mon fils… homo… et je m'accusais déjà d'avoir ouvert de trop grandes portes que je me refusais d'ailleurs à franchir. Le matin, je me suis levé tard, j'ai attendu qu'ils partent.

Je n'avais pas revu maman depuis plus de huit mois, le dernier esclandre s'était soldé par un lapidaire "tu me fais chier" qui patientait dans ma bouche depuis l'enfance et j'avais claqué la porte. Tout ça pour une de ses saillies préférées – allez, rentre chez toi et surtout ne dis pas à ta femme que t'es passé me voir, elle risque de te tirer l'oreille !

Depuis, tout allait bien, plus de coups de fil intempestifs, plus de "j'ai mal", de "emmène-moi aux courses" qui me mettaient hors de moi. Mais, après l'enterrement, elle me revenait comme la hache qui échappe au bourreau et je n'acceptais pas l'idée qu'elle meure sans l'avoir revue, sans qu'on se soit présentés. Je ne pouvais pas laisser un orgueil boursouflé de bêtise empoisonner le reste de ma vie. Faut que j'y aille ! Qu'est-ce que j'en avais à faire, à plus de cinquante ans, qu'elle me pilonne comme aux plus beaux jours de l'adolescence ? Qu'elle me traite de chien ou m'accuse de ne pas être un "homme". Et après ? N'avais-je pas d'autres ambitions dans la vie que de punir ma mère en la privant de dégueuler ce qu'elle avait à dégueuler, n'avait-elle pas assez souffert ? N'étais-je pas assez sage désormais pour accepter de ne pas pouvoir lui faire entendre raison ? N'étais-je pas capable de reconnaître que quelque chose me liait à elle de plus fort que ses tombereaux d'insultes ? Ne m'avait-elle pas voué sa misérable vie, offert deux seins que j'ai crevés, l'un le jour et l'autre la nuit ? Et tout me revenait dans le désordre, du pire et du meilleur, tout ce dévouement pour que je garde la tête hors de l'eau, toutes ces supplications quotidiennes pour qu'un proviseur accepte que je passe au cordeau dans la classe supérieure, comme ce jour où elle se jeta à ses pieds, au seuil de la porte qui donnait sur la cour de récré. Les copains, eux, pensaient que, plutôt que de se coucher, il aurait fallu lui trancher la gorge, au principal du collège, et déclarer l'Algérie indépendante ! C'était un temps où on attendait de rentrer "chez nous" ; ils disaient, l'Algérie, pour nous c'était l'espace. Ce jour-là, elle s'était griffé les joues jusqu'au sang comme le font les mères du bord de la Méditerranée. Humilié, je n'avais qu'une idée en tête, me jeter devant le premier trente-six tonnes venu. Ensuite, ce fut le purgatoire, tous les matins, regarder sa mère et avoir honte de déglutir des crêpes amoureusement préparées ou n'importe quoi qui soit bon, cuit de ses mains.

Depuis quelques années, on se relayait, frères et sœurs, pour "égayer" un ou deux après-midi dans la semaine, tout cela n'était pas à proprement parler organisé et, pour tout dire, c'est pas le cœur léger qu'on s'y pointait, à chaque visite elle nous suspendait en insultes à des crocs d'échoppes marocaines.

Même les hyènes ont plus de cœur.

Elle nous accusait de la négliger. Qu'on soit passé la veille ou le mois précédent, c'était pareil, les premières douleurs alors la faisaient ruminer des "fils indignes", des "vous avez une pierre à la place du cœur" et, cerise : "des enfants ? moi j'ai des enfants ? des touristes, oui ! vous venez voir si j'ai pas durci !"

C'était raide à entendre pour chacun d'entre nous, on repartait broyés, priant le ciel pour qu'un caillot lui provoque une embolie, elle s'effondrait de ne pas avoir les enfants qu'elle s'était imaginés, j'allais dire des eunuques au service de sa gloire.

Elle vivait ses journées pliée par la solitude et les douleurs articulaires, et sa méchanceté nous avait essorés. L'idée de l'abandon la consumait mais elle trouvait la force d'approvisionner sa bouche en gros mots, chacune de nos visites offrant des prétextes à tir aux pigeons – c'est ta femme qui t'empêche de venir me voir, j'aurais préféré un chien ! On peut lui lancer des pierres, il revient à la niche.

Une éternité que ça durait, toujours j'étais hors de moi, jamais accoutumé.

Impuissant face à ses crues manouches, est arrivé le temps où je n'ai plus accepté d'avoir peur, d'être insulté, j'étais trop frustré de ne pas pouvoir lui décocher un uppercut, en vrai, y péter la mâchoire – voyons, sans incisives, comment tu dis "va chier". J'ai eu cette envie-là, désespéré de ne pas pouvoir me détacher d'elle et ravagé de m'entendre assommer d'horreurs. J'étais cramé par la sacro-sainte tradition qui veut qu'on respecte son père, sa mère, son oncle, tout ce qui vous dépasse en âge, et j'ai fini par en vomir le règne des ancêtres.

Un jour j'avais même dit :

— Tu vois pas que tu nous pousses à bout ?! Tu cherches quoi ? Hein ? Qu'est-ce que tu cherches ?! Ça se voit pas qu'on n'est pas des animaux ? Ça se voit pas, dis ?

— Des animaux ? Sûr ! Vous n'en étiez pas, avant.

Voilà, elle m'avait poussé à bout et ne comprenait pas que je lui en veuille d'être sourde à mon vœu d'être traité “d'égal à égal”, comme si cette notion pouvait lui parler, lui évoquer quoi que ce soit. “L'égal à égal”, d'où ma pauvre paysanne du trou du cul du monde aurait-elle pu déchiffrer cette notion d'une autre planète ? La formule, pour elle, venait de Mars mais devais-je, au nom de son ignorance, céder à l'injonction d'un autre temps ? – sois un homme ! Réponse : mes couilles !

Ma requête la dépassait car j'étais devant une étrangère sans langue et sans possibilité de jouer des nuances de la sémantique, après soixante ans de vie française, elle n'avait toujours pas accès à ces codes qui déstabilisent l'adversaire et c'était rageant pour moi de n'avoir que la menace pour me faire entendre, rageant d'avoir à menacer la plus faible des proies, ma mère. Et j'avais claqué la porte.

*

Au milieu de l'après-midi, j'ai appelé mon grand frère, je voulais qu'il m'accompagne voir maman.

— C'est moi !

— Qui ?

— Moi ton frère !

Il m'avait perdu de vue, huit mois avaient suffi pour m'effacer de sa mémoire et j'ai presque eu envie de raccrocher, j'ai dit :

— Ça va ? et là encore, il a semblé sidéré.

— Hein ? Oui, ça va…

— Qu'est-ce tu fais ?

— Hein ? Je travaille, je suis au chantier.

— Oh pardon… Ça te dit qu'on boive un café ?
— Un café ?
L'oreille collée au portable, je distinguais au loin l'ambiance boucan du chantier – tire le câble, mais tire *dine a mouk* ! Lui-même s'égosillait – moi, tant que l'électricien n'est pas passé, je pose rien du tout !
Il répondait à mes questions par des questions tout en allumant ses ouvriers, c'était insupportable. Lui fallait comme un temps de latence pour me déchiffrer, je retrouvais là mon grand frère, l'ouvrier féroce, l'infatigable – pour du black tous ses week-ends y passaient. La conversation s'est achevée par une engueulade à ses ouvriers.
— Le joint, vos morts ! Avant que ça sèche !
Une question m'a taraudé : avais-je besoin de lui pour voir maman ? D'un grand frère pour me tenir la main ?
Quand il m'a dit “chez Lakhdar”, j'ai dit “chez qui ?”. Mon cœur s'est mis à pomper trop de sang, c'était la peur et j'ai pas osé dire au frangin – à la cité ? tu sais que je risque de me faire péter le nez, chez Lakhdar. Il m'aurait à coup sûr plombé – nous c'est les Kaoui ! On n'est pas de tarlouzes. Bon, d'accord.
Dans la cité, ma réussite avait chauffé les crânes. J'étais encore commis de cuisine quand les noms des palaces et établissements de luxe qui me formaient faisaient illusion. Il travaille au Lutetia, il fait ses classes au Mandarin oriental, à l'Hôtel du Palais à Biarritz… ça impressionnait. C'est bien plus tard qu'on s'est associés, avec Boris, pour l'achat d'un truck grand format, équipé dernier cri, un vrai bijou qui m'avait coûté plus de quarante mille euros. Vendre des burgers hallal pour les musulmans tout en étant acoquiné avec un juif qui traduisait “casher”, c'en

était trop pour la cité. Surtout, on m'accusait de mentir, d'avoir juste trouvé la bonne com' pour m'attirer la clientèle "rebeu". J'ai eu beau me débattre, jurer sur la tête de ma mère, rien n'y fit. J'étais victime de fatwas culinaires – qu'il mange ses morts ! Et, plus d'une fois, j'avais retrouvé mon truck tagué "mécréant" ou "Israël assassin". On m'accusait même d'utiliser des bouts de lardons pour, au passage, séduire "les blancs". Je m'époumonais – c'est des morceaux de veau, bon sang ! On me reprochait aussi d'être converti au judaïsme comme on accusait, dans un même élan, Boris de s'être converti à son tour aux préceptes d'Allah et tout ça pour l'appât du gain. Sans compter les menaces sur la toile : *Toi d'abord tu vas niquer ta mère, on t'a à l'œil fréro.* Ou encore : *! sul prophète on va te coupé les mains.* Ou encore : *On sait où t'habites kouffar, ce soir té mort.*

J'avais beau lire sur les réseaux sociaux l'abjection en fautes d'orthographe, je les soupçonnais, tous ces salauds, d'y avoir goûté, à mes burgers, et de s'être léché les babines en sagouins, du coup je n'étais pas fâché d'avoir fait fortune sur leur dos. Ensuite la concurrence est apparue, champignonnesque. Les trucks inondaient le plus petit espace jusqu'aux parkings des grandes surfaces, jusqu'à la plus petite aire de jeux. Après quoi, le covid nous a achevés.

Quand je suis entré chez "Lakhdar", l'odeur de pomme et de tabac m'a agréablement chatouillé les narines, ça fumait la chicha jusqu'à s'en aveugler et, comme prévu, pas une tête blonde, pas un balconnet alentour mais des coudes sur le comptoir sans même une boisson pour se désaltérer. Chose drôle, ici et là ça parlait arabe, ou plutôt ça baragouinait le rebeu des rues. De mon temps, ce n'était que du Molière, certes haché menu, mais Molière quand même. Que s'était-il passé pour qu'on estropie la langue d'Averroès plutôt que celle de Jean-Baptiste ? J'en savais rien, j'avais mis les voiles avant la tectonique des plaques identitaires.

À l'époque, on entrait chez Lakhdar davantage pour épuiser un temps déjà gaspillé que pour le "crème" qu'on commande histoire de commander. Rien n'avait bougé si ce n'est l'apparition d'une télévision à écran plat calée très haut. C'était drôle, Zemmour découpait les musulmans à la feuille de boucher et la salle était bondée de cousins qui s'en battaient les noix, parfois même de gros rires saluaient un "tous dehors !". J'ai pensé : faut que Zemmour voie ça, il fait un tabac dans les cités, ce mec fait rire le périph', j'y crois pas.

Pour sauver notre honneur, Lakhdar a sommé :

— Allez ! Zappez ce bougnoule !

J'ai failli rire mais la peur m'en a empêché.

Après une manip' de télécommande sont apparus des champs de courses, des chevaux, le tout sans le son. Farid, ex-promesse du ballon rond à gros nez, ronchonnait en émiettant des tickets perdants ; à ses côtés, Driss, à l'aide d'une canne, écrasait d'autres tickets en bougonnant des – *hrram !* (péché !). Partout ça boudait, ça insultait ces jeux à un euro qui ne rapportaient rien ou tout juste la somme misée. On entendait – *nik a mouk* la Française des jeux, y en a que pour les céfrans, le dégoût se répandait de la bouche aux oreilles.

Tout était là, le "seudarri", espèce de canapé marocain casse-cul, un plafond crade et puis aussi les murs farcis de calendriers musulmans, d'offres de pèlerinages à La Mecque et d'affiches publicitaires vantant des séjours à Casa, Tunis ou Istanbul… pas Alger. Jamais "chez Lakhdar" n'avait été si arabe, si replié sur lui-même, une Algérie mêlée de Yémen creusait son trou dans un accent de Toulouse, j'ai manqué d'air. Me suis dit – merde c'est vrai ce que racontent les chaînes infos, ils sont plus chez eux les "gours".

En se tournant vers moi Saïd a ouvert le feu :

— Oh Bocuse ! Tu viens casser la croûte ?

Et toute la salle a ri, j'ai fait profil bas. Les testicules dans les talons, me suis faufilé en redoutant une patate venue de n'importe où.

Heureusement, un bras s'est levé vers le fond de la salle, ça m'a guidé. Le vieux bonhomme avec des taches de plâtre sur le nez, plaquiste de son état, c'était le frangin. On le craignait et c'est peut-être pour ça que je n'étais pas encore allongé sur une table avec un bout de saucisson enfoncé dans la gorge. Le frangin s'était élevé à la force des bras et pour un salaire à vous dégoûter d'entrer en CP, tout ça se respectait.

Il était artisan mais n'avait jamais déclaré l'ombre d'une charge sociale, pudeur sans doute envers une administration surbookée. Quand il s'est rassis, il s'est tenu la taille de la main droite pour amortir la chute. Bon sang, ce qu'il est vieux ! Réflexe de cité, mon frère, vieille école, s'était collé dos au mur et à l'écart des autres, en prévision d'un assaut. En me faufilant entre les chaises, j'ai tourné la tête, un coup à droite, un coup à gauche en guise de salutations et partout les bouches bougonnaient – qu'est-ce qu'il fout là ? J'ai embrassé le frangin, une bise automatique, un rituel de frères sommés de le rester.

— Tu fréquentes encore ce bar ?

Il a grommelé, comme s'il avait affaire à une langue étrangère :

— Hein ?

Mes nerfs ont fait leur pelote.

— Tu viens toujours ici ?

— Euh, non… je cherche un clando pour le chantier de demain.

Des mouches ont volé.

— Alors, voilà… je voulais qu'on aille voir maman ensemble.

— Ensemble ?

Toujours cette impression de lui parler chinois et l'évocation de "maman" semblait lui en toucher une sans interpeller l'autre, m'est presque venue l'envie de le secouer – maman ! Tu sais ? La meuf qui nous a chiés ! Ça, ça lui aurait parlé.

— Ouais si tu veux. Mais moi, je la vois toujours.

Il venait de me dire "je la vois" comme on évoque son comptable. Ses paroles étaient maigres, des phrases désossées de leurs adjectifs, eux-mêmes remplacés toutes les deux phrases par le mot "chose" : "l'autre là, Boilem, y travaillait avec moi, on l'a *chose* à coups de barre à mine, maintenant j'suis dans la merde". Et je cherchais le verbe qui lui faisait défaut.

On se regardait comme si on n'avait rien à partager, s'était-on parlé un jour ? Il ne comprenait pas ma présence, ni ma sollicitation, j'avais dit "ensemble", ce mot, à juste titre, ne signifiait rien pour lui, il tenait de ma mère dans la défaillance sémantique. "Ensemble", c'était le vœu d'un cérébral, fût-il culinaire, et c'était pas sa came. Dans la discussion qui a suivi, je disais "maman", lui, "la mère". Je jouais sur la corde émotive, il restait au brut de décoffrage, au code imposé depuis la dynastie abbasside. Un moment, il a même cherché un sujet de longueur d'onde commune, comme s'il prenait conscience, par spasmes, que j'étais son frère et que nous avions grandi, joué *ensemble*. Cet effort provoquait chez lui des clignements de paupières que je feignais de ne pas remarquer.

Le "ensemble" que je venais de répéter semblait remonter péniblement à la surface et plus il tentait d'ordonner le puzzle improbable du lien fraternel, plus c'est moi qui prenais conscience qu'il n'était plus mon frère, que le temps avait écrabouillé les dernières graines d'une même plante. Le temps et plein d'autres choses qui sont de la misère avaient dissous ce lien qui nous avait vus frères. Au fil de notre échange, on ne se ressemblait plus. On ne se reconnaissait plus. Puis, il s'est rappelé…

— Tu fais toujours la cuisine ?
— Je *cuisine* !
— Hein ?
— J'ai toujours mon truck.
— Et ça paye ?
— Ça me nourrit.

Il a souri, un peu moqueur, qu'on puisse gagner sa vie en glissant des steaks entre deux morceaux de pain. Cuisiner dans un camion, c'était, dans sa tête, être un gitan, un du voyage, c'était l'instabilité, l'hypothétique, rien de stable.

"Tu fais toujours la cuisine" : il m'avait dit ça comme on demande à une femme si elle nourrit bien son mari et j'ai douté de l'intérêt d'avoir un frère, me suis aussi demandé si un effort de rapprochement valait vraiment la peine, si la famille avait un sens, une fois passée l'enfance, si je ferais pas mieux d'oublier que j'en avais une. Heureusement, un petit voile de compassion l'a traversé, genre – qu'il vienne au chantier s'il veut des pépettes. Je connaissais la chanson – avec moi, dans cinq ans, t'as le Porsche Cayenne.

Derrière le bar, les moqueries perlaient en continu et je n'écoutais le frangin que d'une oreille.

— Sinon ça va ? T'as des sous ? Je peux…
— Non ça va je t'assure, j'ai un boulot.
— Hein ?
— J'ai un boulot je te dis.
— Ah oui.

Parfois, il panotait en étirant son cou, chaque fois le brouhaha perdait en décibels, puis il revenait à moi pour se rappeler que j'avais été son frère et mon accoutrement de rockeur *has been* ne plaidait pas en ma faveur. Il ne comprenait pas qu'un lunaire de mon gabarit puisse être employé dans quoi que ce soit de rationnel, j'étais resté une énigme qu'il n'essayait pas de résoudre, cuisiner, vous pensez ! Je cuisinais, c'était sans doute que je devais être pédé, certes sans la pratique, mais pédé quand même. On peut l'être, quartiers nord, sans écarter les fesses ; faire des concessions, par exemple, c'était aussi *être pédé*.

Une dernière voix plus tonique que les autres a déchiré le tapage ambiant.

— Eh Bocuse ! Tu veux pas nous faire un méchoui ? Nous on a les bonnes herbes.

Cette fois mon grand frère s'est tendu comme un bambou :

— Ferme ta gueule !

J'ai frémi, me suis vu perdre mes dents dans une baston générale. Heureusement, il s'adressait à son fils, mon neveu Anis que je n'avais pas reconnu et qui s'est dégonflé aussitôt.

— Faut que je le case à lui avant qu'il parte en couilles.

Là, j'ai préféré qu'on aborde un autre sujet.

— Et toi, le boulot ça va ?

— J'ai le Porsche… mais y sort pas du garage, dix litres aux cent, j'suis pas Benzéma moi !

Plus tard, un peu curieux, j'ai jeté un œil en direction d'Anis, il portait une barbichette. C'était surréaliste ! Il y avait plus d'écart entre mon frère et son fils qu'entre nous et notre père – qu'une année-lumière, déjà, séparait. Quand on est sortis, le frangin m'a précédé ; dans la rue, il a couru en se tenant les hanches comme si sa colonne allait s'écrouler, j'ai hoqueté, et des larmes ont jailli, parce qu'il arrive qu'on pleure un frère qu'on a déjà perdu. Je me suis décidé à aller voir maman seul comme un grand.

La nuit fut courte.

Au matin, je me suis regardé dans le miroir, la trouille était bien là, palpable et glacée. J'ai regardé encore, plus longuement. Pour sûr, j'allais être passé au laser, elle avait ce don, maman, sans rien laisser paraître, de vous radiographier jusqu'à la moelle et pour elle, un défaut physique accompagnait toujours une tare mentale. Me suis passé deux doigts sur les tempes pour me rendre compte que mon front se dégarnissait. Vision d'horreur ! Un trou au milieu sur le devant qui s'élargissait et qui laissait apparaître le blanc du crâne, merde ! C'est là qu'elle va viser.

J'ai pris ma brosse à dents et, délicatement, me suis mis à remblayer, pour ça, fallait que j'aille chercher plus loin, que ma raie se dessine plus bas comme les vieux beaux qui finissent par la tracer au-dessus de l'oreille. Plus bouger ! Ça y est, c'est comblé. Me suis tapoté les joues dans l'illusion de les dégonfler et j'ai enfilé mon teddy. Avant de la voir, j'étais déjà fâché contre elle.

Faut pas que je donne prise ! que je me répétais, faut pas que je donne prise. Eden, mon plus jeune fils qui s'impatientait devant la porte de la salle de bains, a fini par toquer :

— P'pa ? Ça va ?

En sortant, j'ai dit :

— Oui ça va, et bien sûr l'a fallu qu'il m'écorne.

— Tu te grimes en vieux ?

— Non, je *suis* vieux.

Il a refermé la porte derrière lui et je l'ai entendu rapper.

J'y crois pas, le dad s'est r'fait une beauté
S'est fait la raie sur le côté, j'suis dégoûté
Il part en cacahuètes po po po
Il est passé de Khaled à l'Obispo

*

Maman habitait ces nouveaux ensembles à deux ou trois étages, barricadés et clos, de ces constructions qui grignotent la périphérie des villes au point qu'on ne sait plus où finit cette dernière, où commence la campagne, des blocs à la touche écolo aux appellations ronflantes, pêle-mêle : "Les Jardins de Garonne", "Le Clos du Midi" ou "Les Mas de Provence". Résultat, on n'en finissait pas de quitter la ville pour ne jamais atteindre quelque Sud que ce soit. Et, pour pénétrer la forteresse, fallait s'attaquer à deux digicodes. Enfin, c'était propre, maman aurait dit "français". Voilà ce qu'on pouvait en dire, propre et fonctionnel, et c'est ce que nous voulions pour elle. Nul besoin de panneau pour comprendre que tout baptême musulman y était prohibé. Je me suis décidé à venir les mains vides. C'était l'idée, pas d'offrande, comme le veut la coutume, le paquet de café accompagné de gaufrettes et d'un kilo de sucre, oualou ! rien pour l'amadouer, je me voulais sec et sans fioritures, je voulais qu'elle saisisse mon intention de ne pas me laisser secouer, de ne rien céder au chantage affectif ou à des grossièretés encore possibles, ma gentillesse devait lui suffire. Huit mois d'absence, elle avait eu le temps d'affûter des piolets de guide de haute montagne.

*

Un affreux vagissement m'a stoppé net – ouèèèh, comme une façon de vous amoindrir avant d'entrer. Sans la voir, rien qu'au son de la voix, je voulais déjà renoncer à mes origines, au livret de famille, aux aveux tant attendus. J'ai ouvert, elle était assise sur son canapé, voûtée, le menton presque posé sur les genoux, tournée perpendiculaire à l'écran de télévision. Elle fixait le néant, l'au-delà des murs, son double inespéré, ce double qu'on cherche quand on est seul. Où était donc passée la fameuse tradition de "chez nous" ? Où étaient passés ces mensonges qui décrètent que nous, les Arabes, accompagnons nos aînés et offrons le gîte au malheureux qui passe devant notre porte ? Sa solitude se lisait en un clin d'œil.

Je me suis approché, la terreur qui me trouait la poitrine depuis des semaines, c'était donc ça ! Ma mère, hier flamboyante reine berbère, est aujourd'hui devenue un débris affublé d'un bonnet afghan. Elle m'a souri pauvrement. À mon tour, je n'ai plus eu de muscles pour me tenir, ne me restait de vigoureux qu'un orgueil héréditaire agrafé à l'os. Ce bonnet afghan, en vrai, ne l'enlaidissait pas, en étirant sa peau il faisait disparaître quelques rides. Je me suis penché pour l'embrasser et là, pas le temps de rien que ses mains se sont agrippées à mes oreilles, ses lèvres se sont plantées comme des piques de toréador, ça m'a raidi, ce baiser presque sur la bouche, presque un smack amoureux, volontaire et fiévreux. Ensuite, elle a pris mon bras et s'est mise à l'embrasser, deux fois à l'extérieur et deux autres fois à l'intérieur.

— Ce bras, ma promesse, ce bras, ma chair, ce bras que j'ai fait fort.

Ses yeux se sont ouverts et j'ai perdu pied quand elle s'est attaquée à mes mains qu'elle a embrassées comme des reliques :

— Mon fils, mon fils !

J'avais perdu l'habitude des salamalecs exotiques et me suis rassuré quand même... Ouf ! Elle est pas folle ! Elle me remet.

— N'est-ce pas que t'es mon fils ? N'est-ce pas que j'ai tout sacrifié pour toi, que je t'ai fait lueur de mes derniers jours ? Toit de mes mauvaises saisons ? Dis-moi que rien ne t'a manqué.

Ça sentait le conte oriental, le retour du grand pacha auprès de sa Shéhérazade.

— Non, maman, j'ai manqué de rien.

— Dis-le, qu'il ne t'a rien manqué !

— Je te le dis.

— Ah bon.

Il m'a semblé que pour la rassurer, je devais vite énumérer la longue liste des compliments qui ne lui avaient jamais été faits, vite lui dire qu'elle avait été unique, gigantesque de sacrifice et d'intelligence, m'a semblé qu'il me fallait aller chercher les adjectifs les plus forts, trouver les mots les plus vibrants, en kabyle, en français, tout empiler pour la revigorer parce que ses yeux déjà pliaient boutique. Mais qu'avais-je à proposer face à ses "mon fils", "mon ciel", "ma lumière" ? Dur de prononcer "maman", aussi, les deux syllabes s'étaient dissoutes au gré des embrouilles. À d'autres moments, j'aurais fait flèche de tous les humours disponibles pour échapper à trop d'émotion. Là, non, j'ai juste bafouillé, et sans second degré – oui, c'est moi, ton fils. Comme si j'en doutais. Aurais-je imaginé prononcer cette phrase une seconde plus tôt ? J'ai caressé sa joue, elle a semblé reprendre vie, cette caresse que je ne lui avais jamais offerte s'apparentait à la bouée qu'on jette au noyé.

— Ah mon fils, si seulement tu pouvais te souvenir, toute ma force, c'est à toi que je l'ai donnée.

— Oui, je sais.

— Ah oui ? Tu sais ? Alors pourquoi tu ne me rends rien ?

— Hein ?

— Pourquoi tu ne me rends rien ?

Un éclair de lucidité reprenait vie, comme une flammèche après l'incendie, j'ai flippé, puis un proverbe a suivi…

— La maison qui n'a pas de mère, même quand la lampe est allumée, il y fait nuit.

Et me suis rendu compte que, depuis le début, elle ne me parlait qu'en kabyle, comme si j'en étais un, c'était blessant car elle s'adressait à quelqu'un d'autre, un fils imaginaire, un double idéal qu'elle préférait à ma pomme. Puis soudain, elle a desserré l'étreinte pour frotter son genou.

— Mais qu'est-ce qui t'arrive ?

— J'ai mal, mon fils, j'ai mal au genou.

Elle se compressait de partout comme pour empêcher sa peau d'éclater. Pourtant à l'endroit du genou, rien de notable, pas de rougeur ou d'inflammation, juste son visage tordu de douleur. Me suis senti ligoté par deux sentiments que tout oppose, la peine tirant à hue et la méfiance à dia. Quand même, pour m'épargner, elle a déplié le chiffon qui lui servait de figure…

— Ma vie ! Tu es là.

— Oui.

La bataille a fait rage dans mon crâne : non ! faut pas que je cède, elle va essayer de m'envoûter comme le serpent du livre de la jungle – salope ! t'attaques à la sournoise, faut que je résiste, faut que je résiste. Et le supplice reprenait.

— Mon genou, y a de la glace à l'intérieur, je ne dors plus, je deviens folle.

À nouveau, une pause, les trémolos ont fait place à un peu de douceur.

— Sers-toi un café.

Me suis exécuté.

Je me suis demandé, en versant la poudre dans son filtre, ce que nous pouvions bien aborder qui contournerait les sujets épineux, et comme c'était aussi son intention, d'autres blancs ont ponctué notre conversation.

— Prends un biscuit, prends un biscuit.

Me suis senti forcé par cette gentillesse gantée de plomb. J'ai pensé : à tous les coups, je vais avoir droit à la madeleine périmée, au petit gâteau tout mou. Le sacrifice était surmontable.

Maman conserve, maman garde, maman fait l'épicière, réflexe d'affamée.

J'ai obéi parce qu'il y a des circonstances où l'on dit oui même aux choses désagréables, j'ai mené l'affaire à bon port et on s'est retrouvés devant deux tasses que ni elle, ni moi, ne voulions entamer.

— Non, tu sais bien que je ne bois pas de café.

Chose étrange, après chaque grimace, elle repartait aussitôt à l'assaut d'un sourire comme pour dire – j'en ai encore sous la semelle.

— Alors mon fils, qu'est-ce que tu fais ?

— Tu sais bien maman, je cuisine.

— Ah oui, tu fais la cuisine…

— Non, je *cuisine* !

Et j'ai vu passer sur son front comme une plainte – mon pauvre enfant il cuisine comme sa mère. Ça ne m'a pas surpris, la cuisine c'était le domaine des femmes, j'en étais donc une, sans en avoir les atours. Lui revenaient sans doute les souvenirs douloureux des premiers temps d'école. Petits, mon frère et moi, on peinait à écrire sans tache et droit et, en cours comme à la maison, d'épaisses mains s'abattaient sur nos têtes. Quand elle avait mal au poignet, elle convoquait le daron, plus exaspéré qu'elle qu'on ne lui foute pas la paix. En nous désossant, il relayait maman qui n'avait pas la force pour des hématomes dignes de ce nom, il tapait et ne nous lâchait plus que lorsque la morve nous sortait des narines et que la sienne lui éclatait au visage.

Chose extravagante, c'était pas seulement écrire qui la subjuguait, maman, mais qu'on puisse extirper du fond du crâne des idées qu'on couche ensuite sur le papier. Je la revois, abasourdie. C'était inouï pour elle, tout un monde à traduire en petites boucles noires sur un papier, ça lui paraissait démoniaque. Elle peinait à concevoir qu'on puisse convertir une pensée en petits gribouillis alignés, il lui semblait que cela pouvait incendier un cerveau, le réduire en bouillie, elle en avait presque de la peine pour nous. Penchée sur nos cahiers, fascinée par le mouvement de la plume, on aurait dit que sa tête allait exploser. Plus tard, pour la rendre un peu plus folle, je m'amusais à remplir de pleines feuilles d'une seule phrase qui sidérait mes frères et sœurs : "j'encule les mouches à m'en péter le zboub", et quand maman revenait jouer les surveillantes en se penchant à nouveau par-dessus mon épaule, un vertige me prenait comme dans un grand huit et m'enivrait jusqu'à ce qu'elle me caresse la joue et c'était l'évanouissement. De ce jour, j'ai compris que je la tenais à la gorge – elle partait de trop loin pour un jour apprendre à écrire de vraies phrases. L'exercice de l'écriture, elle s'y était attelée au cours d'alphabétisation, dans son jeune âge, elle en revenait chaque fois un peu plus découragée, les yeux rougis et les doigts endoloris. J'ai feint d'ignorer cet abcès, cette période encroûtée dans son cœur, ça ne rentrait pas, jusqu'à l'abandon.

— Tu cuisines encore, quel malheur !

Elle a soufflé, s'est affaissée un peu pour reposer son dos.

— C'est mon boulot, m'man.

— Non.

Son "non" était ferme. Autant de larmes et de sacrifices ne pouvaient aboutir à l'arrière-salle des restaurants. Pour elle, cuisiner était un esclavage. Cuisiner, c'était être une femme, donc subir la tyrannie des hommes – c'est trop chaud, trop froid, pas salé, pas bon. Elle m'a considéré sous toutes les coutures, quelque chose n'allait pas, ou plutôt tout, j'avais oublié ce détail.

Ma raie sur le côté passe encore mais le teddy ! Elle voulait qu'on s'habille en costume. Le "costume", ce mot enflammait les bouches de toutes mes tantes.

Pour dire de quelqu'un qu'il était intelligent, elles disaient "il porte le costume", même s'il n'en portait pas.

Il y avait aussi chez maman une curiosité qui la dépassait, une aspiration supérieure dont elle ignorait l'adresse et la façon d'y accéder. "Je suis intelligente, moi !" C'était sa phrase, lancinante et casse-pieds, car elle insinuait l'effort. Rien n'était beau sans effort. Et puis, cette question, posée par les assistantes sociales, qu'elle me demandait de lui traduire, "vous n'êtes pas un lapin ? – non je suis pas un lapin ! Mon fils pourquoi qu'elles me demandent si je suis un lapin ?" À quinze ans, j'avais déchiffré l'impudique allusion, et je ne lui ai jamais dit : "elles te demandent de te ligaturer les trompes". J'ai pas eu le courage. Qui dit à sa mère "ligature, bon sang !" ?

J'ai regardé l'heure discrètement et puis la télé, dont le son était coupé. Sur l'écran, soudain, je la connais ! C'était Sophie Davant, qui caressait des meubles.

— Remets le son !

Quand elle est apparue, maman a semblé aspirée par le téléviseur. Dans l'air, des étoiles se sont mises à danser, mutines et blondes, des milliers de Sophie volantes ont allumé dans les yeux de ma mère un petit feu qui l'a ragaillardie.

Ensuite, revenue à elle, elle a répété – mon fils, mon fils, cet après-midi-là, toutes ses phrases commençaient par "mon fils", comme si ce mot remplaçait tout le reste de son vocabulaire, comme s'il pouvait encore envoûter et vous faire croire que vous l'étiez, fils. Et c'était plus fort que moi, je relevais la garde sans cesse, surveillais ce vieux caméléon qui, même couché sur le dos les pattes en l'air, était capable de vous sauter à la gorge.

Parler semblait la fatiguer, alors j'ai consulté mon portable, un SMS de mon aîné Elias : "papa merci pour le *fridge*, on va tout fracasser". J'ai souri et maman a jalousé une bonne nouvelle qui m'était destinée. Bien qu'épuisée, il lui restait cette lucidité qu'aucune douleur n'éteint tout à fait. J'ai regardé ailleurs pour éloigner d'autres raisons de la haïr, elle est revenue à Sophie.

Autour de nous, tout était vide, les murs vierges, la sécheresse donnait le ton : pas de calendrier, pas d'assiettes "souvenir de Kabylie", pas de sourates gravées dans du faux bois de Taiwan, pas de portraits de famille, pas de photos de mariage, encore moins de mon père, pas le moindre photomaton de fils ou de petit-fils, rien de caché, rien de montré, pas un visage qui aurait trahi le manque d'amour ou l'esquisse d'une nostalgie, pas une théière qui rappelle des jours "d'invités". Sur les meubles, idem, pas la moindre branche d'olivier, pas la plus petite bouteille d'huile d'olive, c'était comme si elle voulait faire front avec sa solitude, ne pas se raconter d'histoire, ni en raconter aux autres, elle avait fait place nette. Bref, elle vivait bien là mais elle n'était nulle part ou peut-être en enfer et tenait à ce qu'on le sache. Fallait que ce soit cruel aux yeux du visiteur. Partout, rien qui n'essaie de tromper l'ennui, rien qui convoque la sympathie. Évidemment, pas de poisson rouge dans son bocal, pas de cage ou d'oiseau, de chat ou de chien, rien qui respire, ronronne ou pépie, pas une odeur de soupe aux vermicelles, oualou !, adieu oignons jaunes et paprika, juste le supplice d'un espace sans odeurs. Chez moi, c'était le contraire, au point d'y vivre fenêtres ouvertes même en hiver. Une purge : entrer chez sa mère et ne pas humer l'oignon blanchi à la poêle restait un châtiment. Maman sans les odeurs, c'était rien.

Si ! Sur un meuble de rangement, une "mosquée réveil" la rappelait à ses devoirs cinq fois par jour. J'ai pensé – c'est pas les frangins qui lui ont offert ça mais quelque tante fossile revenue du soleil levant.

Cette cellule de nonne orientale donnait au visiteur l'envie de rebrousser chemin, le soleil comme l'arabe y étaient interdits de séjour, pas la blouse blanche. Par les lames du rideau, la lumière était réduite au strict minimum. Circonscrire l'espace, sans doute, lui permettait de mieux concentrer sa haine. Toute cette aridité parlait pour elle, disait ce qu'elle avait à dire. On pouvait donc être méchant sans ouvrir la bouche. Pour moi, c'était une leçon.

Enfin, devant elle, à portée de main, des tas de boîtes de médicaments – on aurait dit des Lego assemblés par un enfant. Des carrés, des rectangles, dont le nombre avait triplé depuis ma dernière visite, surtout les boîtes de Doliprane, par dizaines. Comme j'ai secoué la tête pour désapprouver, elle s'est braquée.

— Quoi ! J'ai le cent pour cent !

La bête venait de se réveiller.

— Et alors, c'est pas parce que t'es intégralement remboursée que tu dois abuser !

Peut-être a-t-elle eu peur qu'à nouveau je mette les voiles, elle s'est repliée comme un parapluie vaincu.

Et puis tout le reste, une liste à la Prévert, des noms compliqués qui m'ont laissé songeur et que le Vidal des médicaments nous explique. Contre le diabète, son plus fidèle allié, la Metformine 500 : "antidiabétiques oraux", et sa garde prétorienne, la Nicardipine, qui combat l'hypertension artérielle.

— Reste manger avec ta mère.

Ce “ta mère” intimait d’obéir. Bien sûr que j’ai pensé – oh non pas ça, sa mâchoire va ferrailler comme une grue Poclain, c’est insupportable, et je parie qu’on va manger des légumes bouillis.

— Regarde dans le frigo, j’ai de la carde d’hier.

De la *carde* – je n’avais pas entendu ce mot depuis mille ans, je n’en avais pas mangé depuis un demi-siècle et n’en avais jamais cuisiné, je détestais ce légume que maman fourrait dans tous les bouillons.

— Dans le micro-ondes, ça va plus vite !

Que maman puisse s’accoutumer au micro-ondes, ça, je ne l’aurais pas cru. Moi qui ne m’y étais jamais habitué, me suis étonné que le légume ait gardé toute son eau. J’ai servi maman, autant dire que la fourchette est restée purement décorative. C’est avec les doigts qu’elle a porté à sa bouche les longues tiges préalablement enroulées. De mon côté, j’ai simulé la dégustation de gourmet en secouant la tête, elle a semblé dire – t’as vu ? c’est délicieux, même le lendemain.

— Bon, je dois y aller, m’man.

— Tu reviens quand ?

— Bientôt.

Le “bientôt” l’a contrariée.

À peine dehors, mon estomac est parti avec tout le contenu. Bon ! j’ai pensé, premier sacrifice, je vais attendre un peu avant d’y revenir, faut que mon estomac s’acclimate.

J'ai d'abord soufflé, puis posé délicatement le pied droit et encore plus délicatement le gauche, point de poignard enfoncé dans le tibia, point de douleur. En marchant autour du lit, tout semblait s'agencer sans difficulté, j'ai repris des couleurs. Depuis le salon, Jul faisait trembler les vitres avec son énième tube, *Sousou*. La grosse caisse creusée dans les bas médiums donnait l'impression d'un pneu crevé roulant sur le bitume. J'ai soupçonné Eden, mon petit dernier, parce qu'il était fan du rappeur marseillais. Bingo ! c'était bien lui qui dodelinait comme s'il était sur scène :

— Ah salut p'pa, ça y est, tu vas glander lourd ?

— Non c'est juste une bifurcation, je vais pas glander comme tu dis, j'ai un rencard au Pôle emploi pour une formation. Au fait, t'es pas en cours toi ?

— Tu veux pas voir mon carnet de correspondance tant que t'y es ?

Dans l'air, des électrons de mauvais augure ont crépité. J'ai ravalé ma glotte, je connaissais mes enfants, leur dextérité à défourailler en toutes circonstances, et j'ai regretté cet impair de père connard qui se prend pour un père et s'adresse à des mômes qui ne sont fils que par une accidentelle filiation sanguine, pour le reste ils réussissaient en tout quand ma vie à moi se résumait à de harassants efforts. C'est ça… ils n'attendaient de moi que délicatesse et nuance, un père ne pouvait à leurs yeux être autre chose qu'une extension du bonheur.

— Pardon fiston, excuse-moi.

Il m'a concédé un sourire qui a vite effacé la boulette.

— T'as vu ? Il a tout d'un rebeu, dans ses *lyrics* y a plus de mots arabes que dans les chansons de raï.

— C'est quand même pas du Proust…

— C'est pas du Proust mais c'est la langue de demain, p'pa, fini les futurs antérieurs.

— Ouais, ton demain, j'y donne ma langue au chat.

J'ai filé droit vers la cafetière, avec une tête de sale gosse qui ne lui a pas échappé.

— Je t'ai réveillé, p'pa ?

J'ai signifié que non, mais quand même déçu qu'il ait pris pour argent comptant une façon de politesse, déçu qu'il n'ait pas saisi, aussi littéraire et virtuose soit-il, que je ne voulais pas de sa présence ce matin, ni de celle de son frère et encore moins de celle de Boris, que j'aurais aimé vivre ma matinée en solo. Seul, j'aurais peut-être visité un site porno pour évaluer ma vigueur défaillante ces derniers temps, peut-être aussi j'aurais allumé la télé, un petit CNews pour m'effarer des horreurs proférées contre les migrants. En attendant, je le regardais, lui, prendre des notes sur la table basse puis déranger l'ordre de ma CD-thèque, puis reprendre des notes. *Sotto voce*, cette fois, et sur un ton cousu velours, j'ai demandé :

— Qu'est-ce tu fais ?

Réflexe attendu, il a tourné le bouton pour réduire le volume. J'ai répété :

— Tu fais quoi là ?

— Je cherche tes CD de Cheb Mami, de Khaled, de Zahouania… y a plus un CD du bled, qu'est-ce t'en as fait ?

— Ben, tout ce que j'écoute plus… ça vire à la cave.

— T'écoutes plus de musique arabe ?

— Euh, non.

Alors il a eu cet air déçu, presque méprisant, et j'ai accusé le coup, une honte qui m'a rappelé celle de l'église, cette crainte d'être vu par un cousin, de passer pour un traître à la cause, à la famille, au Prophète et j'ai bricolé une justification en papier cul.

— J'ai des périodes, tu sais, en ce moment, j'suis pas rebeu, voilà tout.

— Tu l'as été ?

Après, avoir à me justifier, être sur la défensive, ça m'a plus irrité encore, tout mon second degré semblait siphonné, transformé en cible géante, je venais de traduire le "t'écoutes plus de musique arabe ?" qui m'était adressé en "t'as vendu ta race ?". Ça m'a scié qu'il se la joue plus arabe que moi, moi qui en étais encore à me demander si j'étais assez français, assez arabe ou pas suffisamment les deux.

Sinon, j'ai évité un dernier impair – putain ces miettes de pain au lait sur la table, suffit pas de les tasser dans un coin, et tout ce chocolat partout, vous me gonflez à vouloir m'imiter, la pastilla au chocolat, c'est aussi de la vaisselle, merde ! Ça, je l'ai gardé pour moi.

En attendant, ma décision était prise. Maman allait redevenir ma mère et tant pis pour "l'égal à égal" tant espéré. J'allais la servir sans contrepartie, sans regrets, sans faillir. Non ! Je veux pas apprendre sa mort par un SMS.

Très vite, une autre voix m'est parvenue, de la cuisine cette fois.

— Papa, y a un truc qui pue.

C'était Elias, l'aîné, qui venait d'ouvrir le frigo.

— Ça s'appelle du fromage.

— Je te préfère Algérien.

— Ah t'es là, toi aussi ?

Vexé, il s'est enfermé dans sa chambre avec Antoine, le "meilleur ami". Une tronche de l'informatique, ce gamin, à la recherche de logiciels capables de détecter les piscines clandestines, une perche lui aussi – Antoine, l'ami d'enfance aux larges boucles, devenu tellement intime qu'il me tutoyait. Sans compter… Et pour tout à fait m'exclure, deux haut-parleurs ont dégueulé un rap, la voix suave de Ninho.

Elle apparaît puis disparaît sous mon volant
Il me reste un peu de rouge à lèvres sur le gland

Ça m'a collé contre le mur mais rassuré que des mômes à la moralité irréprochable s'autorisent de telles saletés.

Après une partie de GTA, des rires et des miettes en petits tas sur la table, les trois se sont concertés. Eden, porte-parole en chef, s'est adressé à moi.

— On va s'faire un Uber Eats, p'pa, t'es pas fâché ?

— Non, non, pas fâché !

J'ai ajouté :

— Et ça se dit de gauche !

— Parce que toi, tu l'es ?

J'ai dégusté. Papa était revenu d'outre-tombe, de ce cimetière pourtant si proche où je ne vais jamais, il était tout sourire et bizarrement, tendre comme un pain du matin.

J'ai onze ou douze ans et il m'assied face à lui, pose ses mains sur mes avant-bras et plonge ses yeux dans les miens. "Il faut que je te raconte, mon fils, mon arrivée à Marseille, c'était fou ! Déjà depuis l'embarcadère, à peine on accoste, il y avait cette foule immense avec des paniers pleins de fruits que je connaissais pas, les gens venaient de partout pour nous accueillir, ils nous ont pris dans leurs bras, nous ont embrassés… Après on a remonté la Canebière, ah ! si t'avais vu ça ! Sur les balcons partout, des bégonias, dans les rues des dahlias, dans les bras des gens des hortensias, on entendait : bienvenue ! bienvenue !"

Puis, il s'est tu, le daron, a pris une autre voix : "oh, oh, tu m'as cru ? C'est ça ? Tu m'as cru ? Je vais t'apprendre, moi, à la rêver, l'amitié entre les peuples". Et pam ! m'a retourné le crâne.

Me suis levé tout barbouillé, la tête dans le derrière. Près de la cafetière, j'ai trouvé un mot signé Elias et Eden et, bizarrement, Antoine. J'ai grogné

– non ! toi t'es pas mon fils, mon gendre un jour peut-être mais pas mon fils. Le mot, agrémenté, d'un cœur disait : "papa… on dort pas là ce soir, tu peux fermer. PS : maman veut les derniers relevés bancaires pour la compta, signé : les meilleurs enfants du monde, on t'aime".

Le temps de ce petit bonheur cueilli au vol que mon portable a bipé, c'était maman, des mois que je n'avais pas lu "maman" sur l'écran et je l'ai regardé longtemps, *maman* comme une langue morte, caduque.

— J'aime pas le répondeur, tu m'entends ? J'aime pas le répondeur !

J'ai eu peur que ce soit son dernier message et la gamberge m'a repris. Comment une femme analphabète pouvait-elle se sortir d'un pareil labyrinthe ? Où était le monde civilisé ? L'Occident et sa modernité, sa vocation d'accueil de tous les réfugiés ? Ses putains de droits à être égaux. Au fait ? D'où ma mère a été l'égale d'une Française ? Comment cette indocile illettrée pouvait-elle survivre face à de pareils obstacles, aux formulaires, aux douleurs partout et à cette solitude qui lui dévorait ce qui lui restait d'humain ? Et dire qu'avant la désillusion, elle chérissait le service public, elle disait "França" après avoir bénéficié d'un soin gratuit. Maman aimait la France, pas ceux qui l'habitaient, tout moi.

Sans attendre, j'ai appelé Kamel, mon petit frère, pour en savoir plus. Kamel, c'était "le canard boiteux", comme on en trouve dans les familles nombreuses, de ces ombres-nées, ni aîné, ni benjamin, mais glissées dans l'enfilade des naissances, incognitos – elle t'a tout donné, frérot, te plains pas. C'est ce qu'il rabâchait. C'était méchant, juste méchant, et j'étais son meilleur argument pour sulfater la famille jusqu'à l'ivresse. Croire qu'il avait été "écarté", il en éprouvait de la jouissance, être exclu vous donne parfois une raison d'exister, lui y trouvait une raison de haïr, haïr comme un combat vital, comme un carburant nécessaire à sa déception de ne pas être devenu "quelqu'un". Il lui restait ça, de maman, quand elle était admirative d'une personne, elle disait – c'est un quelqu'un. Et c'était jamais lui.

Kamel, lui aussi, avait couru derrière l'amour de maman, lui aussi voulait son téton, récupérer le lait qui lui avait manqué, sauf qu'il prenait l'échange pour un troc de rempailleurs. J'entends sa plainte – qu'est-ce qu'elle attend pour m'aimer, bordel, je les ai eus mes diplômes ! Il n'avait pas compris qu'elle voulait qu'ils lui servent… à elle. Hugo, Zola, Apollinaire… tu parles d'un soin.

J'ai pris mon téléphone et me suis raclé la gorge.

— Dis-moi, t'as vu maman ces jours-ci ?

— Oui bonjour, d'abord.

— Oui, bonjour, t'as vu maman ?

— Pourquoi, c'est sa mort que tu m'annonces ?

L'uppercut ne s'était pas fait attendre. J'ai voulu raccrocher, in extremis j'ai finalement fourré mon orgueil entre deux sévères guillemets. Et j'ai demandé si on pouvait se voir. Il m'a à nouveau éviscéré. Son "on peut se voir" ressemblait à une fin de non-recevoir.

*

Ça faisait une bonne quinzaine de jours qu'il était là, quinze jours que je voyais mon espace vital réduit, je n'en finissais pas de me mordre les doigts, exaspéré d'en être encore à jouer les meilleurs amis du monde – je ne suis pas plus le meilleur ami que le meilleur fils, le meilleur papa, le meilleur amant ! qui va le comprendre, ça, à la fin ! Boris sortait de la douche, satisfait de son dix kilomètres hebdomadaire. Fini le deuil, évaporée la perte de son cher papa, on aurait dit qu'il n'y avait pas eu d'église sur les contreforts pyrénéens, pas de messe, ni de mère accablée. Jaloux de sa bonne humeur, l'envie m'a pris de le plomber genre – ta maman ? ça va ? Je n'en ai rien fait. Tout de suite j'ai regretté cette délicatesse un peu diplomate parce qu'il s'est approché de moi avec du mouillé dans le regard.

— Tu sais quoi ? Maintenant que mon père est mort, je vais sûrement hériter d'un petit pécule.

— Oui ?

— Puisque tu veux vendre le truck, et si t'es d'accord bien sûr, on peut s'acheter des murs très vite…

— Non, je veux pas que tu touches à ton héritage pour moi. Tu perds les pédales.

— Pas du tout, c'est du fric qui me revient de droit, je vois pas où est le problème, je ne lèse personne et puis j'sûr que tu vas casser la baraque, tu te rends pas compte, tes plats sont politiques. Et puis tous les chefs étoilés sont de droite, tu vas détonner grave genre sommelier musulman mais version culinaire.

— Dis pas n'importe quoi.

— Je dis pas n'importe quoi ! Tu sais ce que t'es ? Un cuisinier conscient, un cordon rouge, frère !

C'est là que je me suis levé – un cordon rouge et pourquoi pas bleu blanc rouge ? Il m'a suivi jusqu'à la cuisine, la bouche collée au lobe de mon oreille.

— Tes mélanges… c'est vrai qu'ils n'étaient pas toujours heureux en burgers mais en vraie cuisine, t'y as pensé ? Tu les vois, tes poivrons et courgettes farcis à la berbère, ta petite kefta hachée, les petites graines de fenouil parsemées à la pince, le petit filet d'huile…

— Putain t'as pas compris ! J'ai besoin de souffler.

— Combien de temps ?

— C'est quoi, un ultimatum ?

— Oui, c'est un ultimatum. Faut qu'on se refasse, on a un peu l'Urssaf au cul, je te signale !

Le temps pour ma mâchoire de se décrocher, un boucan à l'entrée a fait chuter les décibels, c'était Elias et son Antoine. Vite, on a sculpté des airs plus légers. Ils nous ont embrassés.

— Bonjour Slim, m'a fait Antoine.

— Slimane, s'il te plaît.

Il a dégluti une pierre et son regard s'est réfugié dans celui d'Elias. Elias, lui, comme à son habitude, m'a caressé la nuque, caresser c'était sa signature, j'ai sursauté, ça l'a fait sursauter à son tour. C'était bien la première fois. Certains jours, il n'hésitait pas à m'embrasser sur le front, ça bouleversait Boris, et moi, ça me gênait, en sa présence. Et puis, avec le temps, toute cette affection charnelle avait fini par m'agacer, je ne voulais pas devenir l'enfant de mes enfants, le gâteux qu'on dorlote.

— T'as des soucis, p'pa ?

— Non, juste une fatigue, mon fils.

J'avais oublié ce détail, oublié que mes enfants n'aimaient pas que je bulle ou que je baye aux corneilles, la position fermée de l'ordinateur trahissait la mauvaise passe.

Sans retour à la plus tendre des sollicitations, Antoine et Elias s'en sont retournés à la cuisine, collés à l'ordi, on n'a plus vu que leurs dos, juste saisi une conversation au volume anormalement élevé. C'est Antoine qui a lancé le dé le premier.

— Tu sais quoi ? Il leur faudrait des putes…

— Quoi, à leur âge ?

— Ben oui, un vieux divorcé et un célibataire endurci qui vivent sous le même toit, à quoi ça peut bien rêver ?

— À un popotin.

— Exactement ! Un petit derrière accueillant… pas le genre épileptique, hein, plutôt Ehpad à baise.

— On aurait ça en magasin ?

— Y a des applis, cher ami.

— Mais oui !

Avec Boris, on a décroché de pauvres sourires. Prétextant un papier à jeter à la poubelle sous l'évier, d'une discrète œillade, j'ai fait signe à Elias qu'il appuie sur la pédale plus douce.

J'ai ouvert mon ordinateur, pour le geste, pour rassurer, et j'ai repensé à la suggestion de Boris – des murs, des murs à moi… mais oui… putain j'ai même le nom : "La Maison Mère" !

Des murs, oui… mais sans lui.

J'ai attendu quelques jours avant d'aller voir maman. Des jours que je comptais : fallait pas qu'elle s'habitue, fallait pas qu'elle m'attende, mes visites devaient garder un rien d'inattendu, de rareté même. J'ai donc pris mon temps, trois jours, et me suis rappelé qu'elle aimait la tarte aux pommes, me suis étonné de cette envie soudaine de lui faire plaisir. Lui faire plaisir, enfant, c'était mon unique quête, comme si déjà je soupçonnais son malheur.

Mon offrande a fait un flop. Ce jour-là, mon bouddha de mère faisait la gueule.

— Tu réponds pas quand je t'appelle !

J'ai répondu "bonjour". Elle a répété…

— Tu réponds pas quand je t'appelle !

— Je travaille, figure-toi, je suis pas toujours accroché à mon portable, il m'arrive même de l'éteindre.

— Tu l'éteins ?

— Oui.

— Et moi ?

J'ai senti à ce moment précis que la porte d'une geôle se refermait dans mon dos, je n'ai rien dit, l'ai juste fixée droit dans les yeux pour la convaincre de ma détermination à ne pas tout laisser passer.

Là, elle s'est mise à frotter son genou, et c'était pas du cinoche, ses viscères semblaient vouloir lui sortir par la gorge, une bouche grande ouverte interdisait à l'air d'entrer comme de sortir. Me suis demandé si la douleur n'allait pas la rendre folle. Des larmes qu'elle essayait de retenir ont giclé, des larmes qui remplaçaient des cris, des larmes comme un bâillon d'eau salée qui m'ont torpillé. J'ai pris ses mains comme une mère console son fils, elle s'est laissé faire. C'était étrange, me suis senti adulte, protecteur, pour une fois, maman redevenait petite fille, lâchait les rênes et s'en remettait totalement à moi, agrippée comme à la proue ! Et là, comme un claquement de doigts, une lumière a jailli, inattendue parce que bienveillante à l'égard de maman. Mais oui ! Cette douleur, faut que je la prenne à bras-le-corps, assez de bavardages et de combats de coqs, “un fils”, on verra plus tard, “l'égal à égal”, pareil.

— T'as un dossier médical ?

C'était la bonne formule, celle qu'on dit magique, puisque maman a éteint la télé sur-le-champ et que l'air est enfin entré dans ses poumons, au passage, elle a redressé péniblement sa colonne vertébrale, expulsé une demi-douzaine de migraines, et souri.

Ça y est, j'étais lancé. Dans sa chambre, j'ai ouvert une valise digne d'une émigrante d'un faubourg de Lisbonne, un petit clic et ça a dégueulé des années de douleurs, de pleins dossiers de radiographies à l'ancienne, des centaines d'ordonnances incompréhensibles avec des noms de médicaments d'autrefois, Vivacidol, Oracilline, des feuilles de remboursement de couleur marron, des résultats de laboratoires d'analyses sanguines, de quoi penser qu'elle n'avait été que malade, toute sa vie, et puis plein de comptes rendus d'échographies, comme si elle n'avait été qu'enceinte et que sa vie se résumait à des accouchements, longs et courts. C'était terrifiant, le nombre d'enfants mort-nés, et je comprenais les deux, trois années qui nous séparaient mes frères, mes sœurs et moi, ça donnait l'impression d'un refus de donner naissance, comme un avortement prémédité, je comprenais mieux l'épaisseur du livret de famille et, dans ma tête, un amoncellement de bébés morts hurlaient qu'ils n'avaient rien demandé. J'ai fait l'addition : neuf enfants. Me suis saisi de pleines piles de feuilles de maladie et je suis entré dans la vie de maman. Tout l'après-midi, j'ai fait connaissance avec le corps contre lequel elle se débattait. J'ai pris un des dossiers et l'ai rejointe pour qu'elle ait sous les yeux la preuve de ma bonne volonté.

— Tu veux un café mon fils ?

— Non.

— Une madeleine.

— Non.

— Tu peux fumer si tu veux.

Un rapide coup d'œil lui a fait comprendre un genre de – te fous pas de ma gueule.

Et je l'ai découverte par symptômes et stigmates interposés. Je lisais, maman suivait mes yeux, priant pour que je n'aie pas l'air trop effrayé. Les premiers comptes rendus dataient de 1962 : premier mort-né ; 1963 : multiplications de calculs urinaires qui ont entraîné chez elle les premières douleurs et les premières opérations. Soudain, je comprenais ses absences de la maison et la présence, déjà, d'aides à domicile et d'éducatrices en économie familiale, des semaines entières où on mangeait français, omelettes aux champignons, espagnoles ou pochées, épinards, poulet basquaise et paellas, c'étaient des mamans sans huile d'olive, ni beurre rance et pas *ça* de sévérité – peut-être à partir de là que j'ai aimé cuisiner ? À l'époque, j'avais même pensé – putain, une mère ça se remplace comme qui rigole ! En plus, on parle français ! Et j'avais prié un dieu tricolore pour qu'elle reste à l'hôpital jusqu'à la fin des temps.

Se relayaient à la maison tous les services sociaux du département, un tas de femmes de tous les âges et maman, chaque année alitée, me demandait – comment est-elle, la nouvelle ? Et ton père qu'est-ce qu'il fait ? Je n'avais pas saisi la jalousie morbide, berbère. À la maison, elles écoutaient toutes Radio Monte-Carlo, c'est là que j'ai dû devenir français aussi, grâce à la fois à la chanson française des années 1970 et au département de la Haute-Garonne. On écoutait tous les Michel mais aussi tous les Johnny qui n'étaient pas Elvis, tous les François, les Frédéric, des prénoms blonds que je rêvais d'adopter et surtout, le lugubre Sardou avec cette chanson qui me trouble toujours *Une fille aux yeux clairs*.

"Je n'aurais jamais cru que ma mère ait pu faire l'amour." Putain ! Moi non plus ! Et me demandais si sa mère, à Michel, n'était pas un peu algérienne sur les bords.

1974 : présence dans les reins de calculs rénaux appelés pierres aux reins, les conditions sanitaires expliquent l'apparition de cristaux, etc. ; 1977 : ablation, risques de maladies nosocomiales et grosses cicatrices à vie après fermeture ; 1981 : premiers signes de diabète, cholestérol et tension.

Une heure plus tard. 2011 : glissade sur du verglas, le genou ! La voilà, l'origine du mal. 2013 : douleur au tympan droit. Et déjà : surdité sévère en vue. 2015 : série impressionnante d'hospitalisations courtes sans explications tangibles. Ça, c'étaient les coups du paternel, et j'ai pensé aux traces invisibles, aux tartes magiques, à la maman de Boris. Soudain j'étais presque rassuré que les Français cognent aussi leurs compagnes.

Comme je ne disais plus rien, maman a levé la tête pour une ultime supplique et je me suis aperçu qu'elle était atteinte d'insupportables tics, comme des décharges électriques au coin de la bouche, autour des yeux, la douleur ne lui faisait pas seulement mal, elle l'enlaidissait – laide, je l'aimais moins. Et puis là, dans son salon, un miracle. Elle venait de rallumer la télé et plus rien, les tics ont disparu d'un coup d'un seul. Sophie Davant platinée blond venait d'apparaître. C'est donc ça, son médoc ? Sophie Davant ? Et comme ma bouche venait de se tordre, riposte.

— Je veux pisser !

— Hein ? Quoi ?

— Je veux pisser !

Apoplexie soudaine, j'ai eu peur qu'il faille l'aider, presque envie d'appeler au secours, une infirmière, une voisine, mes sœurs, des femmes quoi ! Je me suis vu en train de lui enlever sa culotte, de l'asseoir sur la lunette, d'attendre qu'elle ait fait ce qu'il faut et ensuite essuyer ses parties intimes. Finalement, elle s'est levée seule et s'est dirigée comme une grande vers les toilettes en s'appuyant d'une main à la cloison, ça m'a serré le ventre. Elle a laissé la porte entrouverte, la peur sans doute de se retrouver coincée, et tout de suite des sons d'extraction de matière liquide, puis de soulagement désespéré m'ont terrifié.

Après la laideur, à présent l'horreur. Dans les toilettes, c'était une vraie guerre avec bruits de bombes, explosions en tous genres et grognements de blessés, ça m'a dégoûté.

Me suis bouché les oreilles en maudissant ce naufrage qu'est la vieillesse et j'ai continué à lire, près du balcon. Contre l'hypertension, le Rampril, il bloque la formation de l'angiotensine II. Me suis souvenu du Pantoprazole parce que le toubib avait déjà dit, jadis – ça, c'est la semoule ! Le Pantoprazole qui diminue la sécrétion des acides gastriques et permet aussi de combattre les troubles liés à l'acidité de l'estomac. Maladie de chez nous ! s'était écrié le docteur Attali, je me rappelle, il se revendiquait algérien tout en étant toubib, ça n'allait pas ensemble. Ça m'avait laissé sans voix. Pourquoi il préfère pas être suédois ? Il est fou !

Le petit portable de maman s'est mis à sautiller sur la table, j'ai sursauté et bien m'en a pris de ne pas lui reprocher son volume assourdissant. Je lui ai glissé l'appareil à travers la porte en me pinçant le nez et…

— Allô… j'ai pas le temps, j'ai pas le temps !

Et je l'ai entendue replier son portable des années 2000 sans excuses ni au revoir.

— C'était qui ?

— Ta grande sœur.

— Et tu lui raccroches au nez ?

— Hein ?

"Raccrocher au nez", j'allais pas me lancer dans une explication de texte.

Elle est revenue, pareille à un céphalopode qui s'accroche aux murs, et à chaque appui, l'enfer.

— Maman, il te faut un déambulateur !

— Un quoi ?

— C'est comme un fauteuil roulant mais au lieu de t'asseoir dessus, tu marches en le poussant.

— Ah non, non, non, il faut qu'on me soigne, il faut que je marche, je peux encore marcher, j'ai des voisines de quatre-vingts ans qui font encore leurs courses.

— Des Françaises.

— Oui des Françaises.

— Ben, tu l'es pas.

Elle aurait aimé dire oui, elle aurait aimé dire non et pour détourner l'attention, elle m'a redit :

— Fume, je sais que tu fumes.

J'ai compris que des chakras s'ouvraient après mille ans de sommeil. L'envie ne m'a pas manqué de tirer une taffe sous ses ordres, et dire que je reprochais à Leïla d'avoir peur de fumer devant sa mère. Elle attendait donc ça, que je fume pour être moins faux et lui permette, au passage, d'être elle-même. Je ne l'ai pas fait, j'aurai dû. En attendant, maman ne voulait pas qu'on la voie poussant sa charrette. Elle espérait du rab, un temps additionnel. Ça, je l'avais bien compris.

Elle venait de marcher quatre mètres et soufflait comme un bœuf en se frottant les genoux à nouveau :

— C'est là !

— Qu'est-ce que tu dis ?

— C'est làààà !!!!

Et enfin il y a eu cette phrase de trop, celle que je n'aurais jamais dû prononcer :

— Écoute, j'ai un copain rhumatologue, il peut peut-être faire quelque chose.

Elle n'avait pas particulièrement surréagi à ma proposition, avait même feint une sorte d'indifférence et je ne savais pas qu'à cet instant précis, elle me clouait à sa croix berbère. Avant de partir, une question m'a taraudé.

— Qu'est-ce que tu lui reprochais, à Ouardia, au téléphone ?

— De vouloir marier son fils.

— Et alors ?

— Il a vingt ans ! Il a *que* vingt ans !

Et j'ai trouvé qu'elle n'avait pas complètement tort, je partageais cette idée qu'il était bien tôt pour un fils de s'engager dans une vie sentimentale, qu'il n'était pas indécent de ne pas être accouplé trop tôt, ni honteux, à vingt ans, de ne pas avoir de rapports sexuels. Que trente ans, aujourd'hui, c'était les vingt d'hier, que l'orientation sexuelle pouvait n'être que provisoire… va savoir…

En attendant le marathon des seniors auquel elle allait sans doute participer sous peu, pendant trois semaines, j'ai bu du café à la turque, mangé des madeleines sous cellophane et dégluti des légumes trop bouillis sans adjonction de sel, mais je me sentais bien, j'avais le sentiment d'être utile à maman et, à travers elle, presque à l'humanité misérable. Me suis senti concerné par la souffrance des damnés de la terre, ce monde invisible des précaires que j'avais oublié, ou plutôt, auquel j'avais tourné le dos, tous ces déclassés qui font la queue chez le médecin comme à l'hyper en quête des promotions au format familial. Penser à d'autres qu'aux miens, voilà ce qui m'avait manqué. Grâce à maman, j'y voyais plus clair, elle me reliait à une Atlantide engloutie, ce tiers-monde qui pouvait être le voisin de palier, des gens proches. J'ai repensé aux étages de Doliprane, à la quantité qui la rassurait. C'est pour ça qu'elle amoncelait, échafaudait autour d'elle des remparts de boîtes avec un emplacement échu à chaque médoc. À défaut de lire les noms barbares, elle s'y retrouvait en retenant les volumes, les formes et la couleur des boîtes. J'étais admiratif.

Sur l'écran, Sophie Davant faisait des siennes avec un irréprochable naturel, une gentillesse impeccable, maman était comme envoûtée et je n'allais pas jouer les plumes *Télérama*.

— Elle est belle, t'as vu ?

— Qui ça ?

— Sophie !

Elle venait de l'appeler Sophie, je n'ai pas souvenir qu'un jour ma mère ait prononcé une seule fois un prénom français sans le colorer d'un je-ne-sais-quoi de péjoratif, toujours fallait qu'elle estropie les syllabes une par une. C'était sa guerre, casser la langue de l'hôte.

— Tu viens de manger, m'man ?

— De l'ail, ça me calme les nerfs.

J'ai amorcé un mouvement de recul.

— De l'ail, oui, c'est bon pour la santé.

M'étais arrangé pour arriver après le déjeuner, tout ça pour échapper à la carde, au persil, à l'oignon, au chou-fleur, à n'importe quel légume cuit à la vapeur et sans sel, et bien sûr, à l'ail cru, et pour tout à fait rassurer mon estomac, dans un petit sac, un pan-bagnat fait maison n'attendait que mes incisives.

Elle semblait apaisée, je l'ai laissée à ses rêves – fais comme si j'étais pas là. C'était un de mes objectifs, ne plus la contrarier.

C'est quand j'ai attaqué mon pan-bagnat que la ronchonne a battu des cils, j'ai senti que je l'empêchais d'aspirer le sourire de son idole et, plutôt qu'à mon tour me nouer de partout, j'ai juste râlé de ne pas pouvoir regarder avec elle autre chose que des blondes et des meubles. Bienheureux les fils et leurs mères qui partagent une même passion pour le cinéma d'Ozu ou de Pialat, tiens ! Même *La Chèvre*, ça l'aurait fait.

Bon, tout ce qui était sandwich l'écœurait déjà au plus au point et c'est sans doute quand l'huile d'olive s'est mise à dégouliner sur mes genoux que la bête s'est réveillée.

— T'es gros, t'es tout gonflé… mais pourquoi t'es gros, tu sais pas te retenir ? Tu crois qu'elles aiment ça, les femmes ? Si la tienne ne te dit rien, c'est qu'elle ne t'aime pas, débarrasse-t'en.

Failli lui répondre : "c'est fait !" Mais ma mâchoire s'est soudée, a bâti un autre barrage contre moi-même, contre la Méditerranée. On ne pouvait pas être plus cruel envers moi qu'à ce moment de ma vie où, en plus de l'âge, la prise de poids devenait visible. L'embonpoint, encore une des raisons qui me poussaient à réfléchir à une reconversion imminente. Mais, en réalité, maman m'en voulait surtout de prendre mon temps, de ne pas courir, casser des portes, de ne pas assez alerter la planète du mal qui la rongeait. Pour elle, une mère devait se gagner encore et encore, c'est ce qu'elle avait toujours répété : méritez-moi.

— Je m'en occupe, du déambulateur, mais si tu le veux gratis, y a tout un dossier…

Elle ne m'écoutait plus, étourdie qu'elle était de colère, ne voulait plus rien entendre et se foutait bien de m'avoir blessé, c'était la sienne, de blessure, qui comptait, et le monde ne se penchait pas dessus.

— Arrête-toi un peu, tu vas pas mourir de faim !

Ce qui m'échappait, c'est qu'on puisse être à la fois mal en point et méchant.

— Et ton copain alors ?

— Oui je l'ai appelé mais j'suis tombé sur le répondeur.

— Tu m'as dit que c'était un copain !

— Et alors ! Il travaille, il reste pas collé à son téléphone à attendre que des copains l'appellent.

— Appelle-le maintenant !

Elle a levé ses bras, a soupiré comme si Dieu pouvait se métamorphoser en rhumatologue, en n'importe quelle blouse blanche susceptible de la guérir.

— Appelle-le ! T'entends ce que je te dis ?

— Qui, Dieu ou le rhumato ?

— Appelle !

Et son tic a repris, presque les convulsions d'une attaque cardiaque.

J'ai pris mon téléphone et fait mine de causer à un répondeur : "Frédéric, c'est Slim, c'est à propos de ma mère, c'est très urgent, rappelle-moi."

Elle n'a pas cru à l'appel, je savais qu'elle ne nous croyait plus et pour cause – on lui avait toujours menti.

— Qui c'est, ça, Slim ? Je t'ai donné un prénom.

*

— Si elle marche encore, oui ! Prenez-lui un déambulateur, ça fonctionne très bien, les gens en sont très contents.

C'était le conseil de la pharmacienne, ça m'avait paru judicieux, cette illusion de marcher encore tout en étant soutenu par deux bras métalliques et quatre roues.

De retour, j'ai dit à maman :

— Le voilà, ton carrosse !

Et je l'ai vue se recroqueviller, lui manquait que la coquille.

— C'est quoi ça ? J'en veux pas !

On aurait dit que je lui montrais la carcasse d'un sanglier.

Elle était presque décidée à annuler tous les rendez-vous que j'avais eu un mal fou à fixer et auxquels, une seconde plutôt, elle tenait tant. Et puis finalement…

— Je t'avertis, une semaine ! Après, tu ramènes ça chez toi.

— Mais maman, tu peux plus marcher ! Pour aller aux toilettes, tu t'es vue ? Tu t'accroches au mur ! Avec ça, tu peux au moins redresser ta colonne vertébrale, sois raisonnable…

Et, à ce mot, "raisonnable", sa tête a semblé se détacher en tombant sur sa poitrine.

— Je ne veux pas qu'on me voie avec ça ! Je ne suis pas handicapée !

De la peine, étonnamment ça m'a fait du bien de ressentir de la peine pour ma mère. Parce que celle-ci n'avait pas d'antidote.

— D'accord ! D'accord ! Dans une semaine je le ramène à la pharmacie… S'il te plaît, maman !

Et soudain, miracle : en s'appuyant sur les poignées du déambulateur, son corps s'est redressé, comme soulevé par une poulie invisible. Elle s'est frotté le visage, a psalmodié quelques sourates et s'est mise à demander pardon pour toutes ses offenses. Elle m'a regardé, stupéfaite, pensant être victime d'une machination diabolique. Je ne lui avais jamais vu ce visage, sidéré par la magie d'un appareil dont elle ignorait jusque-là l'existence. Après quelques pas, elle a murmuré :

— Je marche, Dieu soit loué, je remarche.

Effectivement : elle se tenait presque droite, tirait même sur sa colonne pour la forcer à se redresser davantage. En la regardant avancer, tourner, on aurait dit un bout d'chou dans son bébé trotteur esquissant ses premiers pas, elle faisait presque rire. Il ne suffisait donc que de ça, j'ai pensé.

— Bon m'man, tu peux t'arrêter.

— Non. Sortons !

— Qu'est-ce que tu dis ?

— Sortons ! Là tout de suite.

*

Ma voiture était garée sur un proche emplacement pour résidents mais elle a voulu aller plus loin, tester l'endurance, la fiabilité de la machine.

— Maman, c'est par là !

Ça l'a contrariée de ne pas pouvoir faire un plus long détour, je crois qu'elle a voulu se montrer, dire – moi ? ça va. Elle voulait même que je m'éloigne, l'a pensé si fort que je me suis écarté et posté derrière elle, comme un garde du corps. Juste, ce qui m'a turlupiné, c'est son bonnet afghan. Me sentais de crier – elle est pas afghane, elle est kabyle ! Et vous le savez, nous les Kabyles, on nous a convertis de force.

Pendant ce temps, maman Taos avançait, prédatrice, prête à manger du vieux, du jauni, de l'éclopé, j'ai pensé aux vautours, aux zèbres, à l'agonie.

— Aaah ! Besoin de personne ! qu'elle a maugréé et par réflexe j'ai complété :

— En Harley Davidson.

— Hein ?

Par chance, ce jour-là, un soleil certes riquiqui avait décidé d'être son allié, il faisait doux, les gens étaient dehors et, pour cette fois, le soleil, la foule, ça lui a plu, c'était bien qu'il y ait du monde sur les trottoirs, surtout des personnes âgées qui lui permettaient de se comparer. Dans sa déambulation, elle a croisé un vieux couple qu'elle s'est sentie de dépasser, elle a grogné, ils n'ont pas moufté. En un rien de temps, une effrontée s'était glissée en lieu et place de la râleuse et puis soudain, sans crier gare, elle a traversé la route, ignorant les voitures, les automobilistes qui ont pilé, et bien sûr, se sont retenus de klaxonner.

Derrière, je n'en menais pas large, m'excusais pour les bousculades qu'elle provoquait, allant jusqu'à tourner l'index sur ma tempe pour signifier qu'elle était folle.

Dès qu'il s'est penché sur mon écran, des abeilles se sont nichées entre mes oreilles et, avant même qu'il n'ait ouvert la bouche, de sales réponses se bousculaient dans ma tête, des "non mais ho, tu permets ? C'est quoi cette intrusion ?" Ou même un simple "oui" interrogatif.

— Tu cherches un resto ?

— Oui… heu, non ! C'est pour ma mère.

— Tu l'emmènes au resto ? s'est étonné Eden qui me parlait en même temps qu'un rappeur squattait ses deux oreillettes.

— Oui au restaurant, pourquoi ?

— Ben… pendant vingt ans tu nous parles d'une sorcière et depuis trois mois, c'est devenu ta meuf.

— Elle est très mal en point, voilà.

Il a pâli d'un coup et, d'un geste brusque, a quasi arraché ses écouteurs.

— Elle va mourir ?

Elias, sonné par la question de son petit frère, s'est décollé de son ordi.

— J'aimerais bien la voir, p'pa !

— Mais enfin, elle va pas mourir !

— T'attends quoi pour nous y amener, l'enterrement ? Je veux pas le croire.

— Mais enfin, Eden, elle va pas mourir ! Et même si elle meurt, vous allez pas pleurer une inconnue ?

— À qui la faute ?

— C'est quoi, c'est un procès ?

— Ça t'étonne ? On dirait qu'on n'a pas de famille, on est liés à rien !

— Vous êtes liés à moi.

— On est liés à toi mais t'es pas né dans un chou… ou alors tu le dis : je suis né dans un chou.

J'ai enfilé mon blouson pour échapper au réquisitoire, mais l'étudiant en droit en avait sous la semelle.

— C'est possible que ça te parle pas mais nous, on s'étonne, t'as soudain une mère sans qu'on ait de grand-mère ! C'est quoi la logique ? T'as des frères mais nous on n'a pas d'oncles…

— Ne dis pas n'importe quoi ! Je veux bien t'écouter mais ne dis pas n'importe quoi ! Vous êtes né au centre-ville… j'y peux rien, moi, si vos cousins sont nés de l'autre côté du périph'… Vous me reprochez quoi, en fait ? D'être des privilégiés ? Privilégiés, vous l'êtes, n'en faites pas un obstacle… J'ai une mère, vous avez la vôtre, point final ! Vous n'avez manqué de rien, je vois pas ce qui vous turlupine !

Eden a consulté son grand frère avec des yeux qui réclamaient un aval qu'il savait tacite.

— Y a qu'on a croisé notre cousin.

— Lequel ?

— Selim… tu sais qu'il se marie bientôt ?

— Ma sœur m'en a parlé.

— Même pas y nous a invités, t'as déjà vu ça ? Un mec qui te parle de son prochain mariage en sachant qu'il ne t'invitera pas ?

*

Faut que je voie leur mère à ces deux connards, c'est ce que je me répétais. Ma chance, c'est que le deal était acquis – s'il s'agit des enfants, on se voit quand tu veux. Ce qui l'agaçait : les coups de fil intempestifs – allô, Leïla, excuse-moi, mes petites chaussettes d'été, tu sais les blanches avec la virgule... tu sais pas... ?

— Blanches ? Elles *étaient* blanches, je les ai jetées... C'est pour ça qu'on les appelle "d'été".

À n'importe quelle heure, je multipliais les "excuse-moi" et autres "pardon" qui sont la politesse des couples qui vont mal. Et elle m'avait mis en garde – l'amour qui est poli c'est qu'il est mort dans son lit. Et je me prenais de pleines rafales de "prends-toi en main !". Je faisais museau et libérais, *après* avoir raccroché, la petite insulte des blaireaux : "connasse".

La vérité c'est que notre séparation reposait sur sa solidarité administrative et, bien sûr, son courage de se jeter dans le vide, sa volonté qu'on ne s'écroule pas en son absence et, au passage, de jauger sa propre capacité à vivre par ses propres moyens, faille qui l'avait rongée longtemps et, puisque je lui reprochais son manque d'autonomie, l'occasion était belle de moucher ma virilité.

J'oubliais, il y avait aussi ses consignes, ses mises en garde, plutôt, aimantées à la porte du frigo. Et pour moi, jusqu'à la cuvette des chiottes – laisse pas le linge sécher dans le tambour.

Bref, je lui ai donné rendez-vous le soir même, dix-huit heures. Depuis son bout de trottoir, elle a souri et me suis senti rassuré. Bien sûr, elle s'est tue, se taire c'est dominer, j'étais affranchi du stratagème.

C'est moi qui ai ouvert les festivités – salut, ça va ? En guise de réponse, une moue qui me sondait plus qu'autre chose, la malice crâneuse de celles qui n'ont rien à se reprocher. Pour ne pas tout à fait perdre mon panache, j'ai enclenché sans plus de préliminaires.

— Elias et Antoine, t'as remarqué ?

— Quoi donc ?

Elle a pincé ses lèvres comme pour choisir entre plusieurs réponses possibles. A souri aussitôt après puisque, évidemment, elle était mise à jour par un savant compte rendu d'enfants qui étaient les siens, d'aveux qu'on fait à une mère et pas au père – moi je faisais partie de l'armada connarde des géniteurs interdits de secrets.

— Pourquoi j'suis au courant de rien ?

— Au courant de quoi ?

En replaçant derrière l'oreille une mèche fraîchement décolorée, elle a fait durer le suspense, et sur un ton de réprimande :

— Il te faut vraiment une réponse ?

Non, bien sûr il ne me la fallait pas. Jouer au foot avec ses enfants ou se taper des matches OM-PSG en se bâfrant de hamburgers à quatre ou six étages ne fait pas d'un père un confident.

— Est-ce qu'ils le sont ?

— Est-ce qu'ils sont quoi ?

— Mmh… ensemble.

J'étais pas sûr de la vouloir trop explicite, la réponse.

— Qu'est-ce que t'appelles "ensemble" ?

La garce, elle voulait me faire dire "le mot" et je ne voulais pas, à nouveau, être le mufle de service, celui qui l'avait révulsée il y avait peu encore, pas voulu prononcer des phrases abjectes du genre – est-ce qu'ils s'enculent ? Ça, je ne le voulais pas. Pas question de lui donner ma goujaterie en pâture une fois de plus. Elle a savouré mon effroi et a laissé traîner d'autres silences, le menton sur le poing. J'ai eu droit par la suite à des airs de pitié sympathique, celle qu'on éprouve pour quelqu'un à qui on ne voudrait pas tout le mal du monde – et ça la rendait désirable. Enfin, au bout de ce supplice d'Extrême-Orient, elle a lâché, laconique :

— Antoine et Elias, ils s'aiment depuis le collège, le reste je ne sais pas, je ne peux pas t'aider, mon chéri, parlez-vous.

L'inattendu "mon chéri" a infusé du sentiment bon poids, quelque chose de parfaitement tendre et c'était bien agréable que ça subsiste. Quand quelqu'un vous quitte, on prie toujours pour qu'une palpitation demeure un temps, si court soit-il.

— Lui parler, quoi ? De son cul ?

— Mais tu t'entends ? T'en parles comme si c'était dégueulasse, tu t'es pas dit que ça pouvait au contraire être une réussite ? Aimer un homme, c'est peut-être le signe de quelque chose de réfléchi, de plus fort, de plus authentique que nous ! Moi, ça me plaît qu'il échappe à ce à quoi on n'a pas échappé.

— À quoi ?

— Aux névroses, bêta, aux névroses ! Tiens, je parie qu'ils ne se sont rien promis ! C'est pas la plus belle promesse, ça ?

Dans son salon, elle faisait les cent pas en soufflant fort, à espaces réguliers, se vengeait de ses organes en les étirant jusqu'à la douleur, cherchant à les assouplir contre leur gré, elle insultait tantôt un avant-bras, tantôt un fémur ou un tibia – *dine a mouk !* Voulait leur redonner l'élasticité de leurs vingt ans. En la regardant, les miens, d'organes, composaient déjà le 18.

Je voyais bien qu'elle ne voulait pas étaler une satisfaction trop visible et j'ai fait comme si rien d'extravagant ne se déroulait sous mes yeux, le jeu nous convenait.

— Ne dis pas que je vais bien.

— J'ai rien dit.

Elle craignait une démission de ma part, que je considère que la partie était pliée.

Pour fêter l'adoption du déambulateur, j'ai donc eu l'idée d'emmener maman au restaurant. Un restaurant kabyle. Je ne m'attendais pas à ce qu'elle me saute au cou, ce qu'elle ne fit pas, elle a juste étiré son menton pour marquer sa désapprobation.

— Tu veux me faire manger un couscous préparé par des hommes ?

J'ai senti plus qu'une réticence, comme un racisme de la ressemblance à l'endroit des siens, mais dans le même temps, l'envie de relever un défi. C'était visible, cette bataille à l'intérieur d'elle-même, cette envie qu'on la voie à la verticale. Elle empestait la gourmandise du toréador pressé, depuis le couloir, d'entrer dans la lumière, ça m'a plu. Il me fallait ne pas la brusquer, mais lui donner envie quand même, ne pas avoir l'air d'y tenir mais le vouloir beaucoup et j'ai sorti l'argument sentimental :

— Ils sont de Tizi Ouzou !

— Dieu m'en préserve, trouve un restaurant de femmes.

— De femmes kabyles, je suppose ?

— Y a bien des femmes qui cuisinent dans les restaurants ?

— Qui cuisinent, oui.

— Manger un couscous fait par des hommes… t'fou !

Elle a fait mine de cracher par terre parce que les hommes c'est connu, ça fourre leurs mains partout. J'avais bien saisi l'insanité.

La vérité c'est qu'elle cherchait à se protéger de toute accusation de péché culinaire, se prémunissait en cas d'entorse à la religion, s'offrait des garanties d'hallalité.

— Mais oui maman, ce sera ma faute ! Je le dirai au bon Dieu.

— J'aime pas que tu parles comme ça. Pas de couscous.

— Bon OK, pas de couscous… mais viens.

*

Le resto c'était L'Amazigh, tenu par des étudiants de Tizi vite convaincus que des études en sociologie n'allaient, ni en France, ni en Algérie, promettre quelque Maserati que ce soit.

Quand maman est entrée, ce fut comme un affolement. Des cigarettes se sont éteintes, des verres de vin à peine remplis se sont vidés et puis la peur, aussi, a fait des siennes à cause du satané bonnet afghan et de l'époque qui ne se prêtait pas à ce genre de coquetterie.

J'avais beau comprendre l'engouement pour les abayas et autre qamis, la République avait fait son taf en charriant dans mes veines du séculaire au casque ailé.

Averti de la visite, Brahim, le taulier, chemise blanche aux manches relevées, propre sur lui, s'est jeté sur la noble mama :

— *Marhaba ! Marhaba !* (Bienvenue !)

Il s'est répandu en courbettes que je ne lui connaissais pas, il savait que j'étais kabyle et s'est fait fort de sortir l'artillerie des politesses, plein de phrases de chez nous, pompeuses et tout – "que Dieu t'accueille en ces lieux comme au paradis", puis il s'est mis à l'appeler "*yeuma*", qui veut dire "maman", un "*yeuma*" qui l'a fait fondre mais sans perdre le nord, d'ailleurs elle a immédiatement chargé son Uzi buccal :

— Vous avez autre chose que du couscous ?

Brahim a bégayé, m'a regardé, décontenancé, a alterné grimaces et sourires en ouvrant simultanément la bouche et les yeux :

— Pour vous, nous aurons même ce que nous n'avons pas !

Pourtant, maman, ça l'a scotchée d'entendre sa langue pratiquée par une personne qui avait à peine l'âge de ses petits-enfants. Elle en voulait davantage. Tous ces mots, c'était comme un bain de boue bienfaiteur, il lui semblait que ses esgourdes s'ouvraient, qu'elle entendait mieux. Pour en picorer encore, elle s'est enquise des parents de Brahim, des oncles et tantes que, bien sûr, elle ne connaissait pas, et moi, étendard tricolore en main, j'attendais qu'on retourne dans l'Hexagone. En fait, elle voulait juste qu'il parle et parle encore, s'assurer qu'elle ne rêvait pas, et Brahim s'est attelé à tout un tas de circonlocutions verbales avec des "Dieu" partout – "que Dieu te bénisse", "que Dieu te protège", "que Dieu t'envoie...", "que Dieu t'accueille...", sans modération. Maman a dit en me regardant :

— T'as vu ?

Sous-entendu – il parle kabyle, lui ! Il sait à qui il appartient. Moi, j'ai trouvé qu'il en faisait trop, mais pour maman, c'était beau, cette langue comme une chanson de Taos Amrouche qu'elle écoutait enfant, et puis l'occasion lui était donnée de dérouiller son charabia originel.

— Et tes enfants ?

— Mes enfants, heu..., ils vont bien, que Dieu t'envoie Sa bénédiction. Et toi-même *hajja*, comment vas-tu ?

— J'attends l'appel du ciel.

— Mais il ne faut pas dire ça, que Dieu te donne encore cinquante ans à vivre !

— Ne parle pas de malheur.

Pas folle, la guêpe, qui tout en faisant feu d'un tas de politesses rances a repéré les lieux, observé les convives et surtout senti l'odeur, une odeur qu'elle ne connaissait pas mais qui lui a rappelé celle du raisin fermenté et donc, du péché, et ça a suffi pour qu'elle ait envie de cracher. J'étais juste derrière, aux aguets, et lui ai tendu un mouchoir qu'elle a plaqué sous son nez. Tout à sa morgue, elle jugeait à l'emporte-pièce, là, deux jeunes filles aux foulards serrés dont elle doutait de la sincérité vestimentaire, ici un moustachu et le commentaire qui va bien – y se prend pour un homme ou quoi ? Plus loin, des tablées l'ont chiffonnée, de pleines poignées de visages pâles, d'hommes et de femmes qui, non contents d'être français, se chauffaient la tête au sidi-brahim et, ô sacrilège, l'accompagnaient de la graine divine.

— Et le Fanta citron ! C'est pour les chiens ?

Mince ! mince ! Elle va me claquer entre les doigts, me demander de la tirer de cet enfer, me balancer une palanquée de "traîtres". Mais que nenni ! elle s'est juste pincé le nez et s'est avancée hardiment.

Dans un jeu de regards, Brahim et moi avions saisi la faute – les bouteilles ! – mais oui ! les bouteilles !

Et des bouteilles, il y en avait plein les étagères, le bar, les tables. L'affolement s'est mis à courir dans les yeux des serveurs – une vieille de chez nous ! cachez les millésimes !, le Air Wick, vite ! Mais, trop tard. Ni Brahim, ni moi n'avions anticipé le barrage de l'odeur et nous battions des bras pour obstruer de tous côtés les effluves bordelais. Elle avançait encore, maîtrisant son déambulateur de main de maître, le soulevant devant les obstacles, le tordant dans tous les sens comme un guidon de bicyclette. Elle n'a pas cherché à fuir, tenait tête aux regards des Français qui la saluaient presque avec déférence, qui saluaient un quelque chose d'exotique accréditant l'authenticité des lieux, et elle n'a pas détesté être scrutée sous tous les angles, elle le sentait, les gens saluaient une madone orientale. Jusqu'à ce qu'elle se décoiffe et mette à nu la broussaille qui lui servait de cheveux. D'un claquement de doigts, adieu l'Afghane, bonjour Kahina, la reine berbère. C'était la taulière.

La goutte au front, j'ai fait signe à Brahim de la mettre dans un coin, à l'écart des bouteilles de saint-émilion et autre boulaouane et, si possible, de la positionner dos à la salle, ce qu'il s'apprêtait à faire. Quand elle s'est assise, je crois que tous les garçons de salle ont soufflé, de mèche. Ne plus voir sa figure crâneuse les a soulagés, c'est qu'ils devaient, en présence de la *hajja*, se tenir plus droit qu'à l'ordinaire, se montrer dignes, s'éventer la bouche pour chasser des relents de Mauresque. Une *hajja*, c'était un peu leur mère qu'ils recevaient à l'improviste, donc une emmerdeuse dont j'étais le connard de fils.

Pauvre Brahim qui se faisait fort d'impressionner maman et qui n'a pas eu le temps d'ouvrir la bouche :

— Pas de couscous pour moi, d'accord ? Des frites et un peu de salade !

Et c'est comme s'il s'était vidé de son sang, ce n'était donc pas une blague. D'un coup d'un seul, tout s'est renversé, ses mimiques, ses gestes, les phrases débarrassées de politesse, tout s'actionnait dans le désordre, même sa langue changeait de maître, ç'en était trop et une bonne louche de dédain a recouvert le visage avenant de la minute précédente. Pour qui se prend-il, ce débris des montagnes ? Pour rattraper la vexation du siècle, j'ai annoncé :

— Moi, ce sera un couscous royal ! qui ne l'a pas adouci.

— Des frites et un peu de salade, on n'est pas aux Restos du cœur, clocharde ! C'est ce qu'a dû grommeler Brahim. Ensuite, du bout des ongles, maman s'est mise à tapoter la nappe – regarde. Effectivement l'espèce de lino lui collait à la pulpe des doigts.

— Saleté ! qu'elle a dit. Pas foutu d'être propres, c'est bien des Arabes.

— Des Kabyles.

— C'est pareil.

Me suis dit – tiens, un bout "d'égal à égal", après j'ai dû disparaître, devenir tout petit, invisible, honte parce qu'au lieu d'anoblir maman je la dépréciais en la traînant dans un boui-boui oriental.

— C'est ça, un restaurant ?

Quant à Brahim, servir des frites à une mama de chez nous, c'était l'humiliation finale, le déshonneur de sa race, et pour moi, la perte d'un ami restaurateur.

Enragé, il grognait encore à ses différents passages, des mots ont dansé entre ses lèvres – vieille pie, retourne dans ton arbre.

Mais de son offense, maman s'en battait l'œil. Qu'il parle parfaitement le kabyle n'était qu'une sucrerie qu'elle s'offrait pour égayer sa bouche. Elle est restée indifférente au regard charbon, aux gestes brusques quand il relevait les plats. Brahim, lui, ce qu'il voulait, c'était la mamie pieuse et pliée comme dans la légende, il n'acceptait pas une femme arabe qui ne roule pas pour les contes des *Mille et Une Nuits*. C'était limpide, et qu'il n'ait pas plus de retenue, qu'il n'ait pas la moindre graine psychologue à offrir en échange, ça m'a retourné contre lui.

Longtemps que je n'avais pas été solidaire avec maman, longtemps que je n'avais pas vu sa méchanceté comme un refuge, ça m'a revigoré. Là, je l'autorisais, à coups de menton, à se déployer sans retenue, oui c'était le moment de dégourdir une nuque trop longtemps courbée vers le bas.

— Vas-y, m'man, lâche-toi, dégaine, tire à vue, même sur les tiens.

Et j'ai pensé qu'on avait le droit de pas être tout à fait innocent quand on avait été trop déçu.

Brahim est revenu avec ses frites congelées et sa salade molle et maman n'a pas pris la peine de se saisir d'une fourchette – pour Brahim, le supplice jusqu'au bout. Elle a pioché à sa guise, mangé comme chez elle, sans chichi, même si l'huile qui s'échappait de ses commissures était dégueulasse à voir. Moi, j'ai vu une femme libre de ses faits et gestes et ce dont j'avais honte hier était bon aujourd'hui, même si j'étais à deux doigts de tourner de l'œil.

Brahim n'a rien cédé, tiré la trombine jusqu'au bout et maman, têtue, s'est autorisée à ne pas finir son assiette. Match nul. Que c'était bon, ce culot, que c'était beau, cette guerre où, pour une fois, j'étais un lieutenant à la hauteur. Délire. C'est ma mère, Brahim, pas une image d'Épinal, et la gentillesse chez elle va de faible à modérée, c'est ce que j'aurais aimé lui dire. Quand j'ai voulu payer, il a levé son menton :

— Non, ça va.

C'était sa façon de vengeance. La suite ? Maman a aimé ce moment où je l'ai préférée à un ami.

On est sortis et, tout à coup, elle s'est arrêtée devant une affiche électorale.

— C'est elle ? qu'elle a fait.

J'ai répondu :

— C'est elle, en souriant du slogan inscrit au bas de l'affiche : "Une femme d'État". Maman s'est approchée et lentement s'est mise à décoller un bout d’affiche pour ensuite la déchirer sur toute la diagonale. Me suis dit : décidément cette femme est de gauche, elle va plaire à mes enfants.

Plus de quatre mois, que j'attendais ce rendez-vous. Dans mon cœur, l'ami Frédéric était devenu le professeur Laboche, parce que le mot "urgence", il l'avait traité par-dessus la jambe, sans compter le barrage poliment imposé par un secrétariat plus sec qu'un nerf de bœuf. Maman, qui l'a rebaptisé "la bosse", trouvait dans l'interminable attente qu'il portait bien son nom, quelque chose de l'obstacle. J'embrasse encore aujourd'hui ce déambulateur qui m'avait été sacrément utile mais, quatre mois, bon sang, que ce fut long.

Dans la salle d'attente, instantanément ce fut le calvaire, elle n'a pas supporté d'avoir à offrir l'image d'une Arabe impotente et muette. Elle s'est fermée pour ne pas avoir à adresser la parole à quiconque, devoir faire la queue, et son talon claquait le sol nerveusement, sa bouche faisait exploser d'amères bulles d'air. Si ce Laboche, disait-elle, était mon ami, pourquoi était-elle traitée comme le commun des mortels ? Attendre, remplir toutes sortes de formulaires, pour qui la prenait-on ? Pourquoi ne s'était-il pas déplacé en hélico ? N'était-elle pas un cas prioritaire ? Et puis, si je l'aimais vraiment, ma maman, pourquoi n'étais-je pas rhumatologue moi-même, en prévision de ses vieux jours – non, t'as préféré cuisiner, exprès pour me faire mal, mais moi aussi je cuisine ! pas eu besoin de bourses pour ça.

"Salle d'attente", le mot la torpillait, elle disait – sale d'attendre, et j'appréciais la locution, cet acharnement à tordre une langue qui n'avait jamais voulu d'elle. Elle ne supportait pas de n'être, dans le troupeau, qu'une boiteuse de plus, j'étais estomaqué d'autant de fierté dans un corps tout rabougri.

À son oreille, j'ai chuchoté :

— Tu t'es prise pour qui, hein ? Mais d'où ça te vient, cet invraisemblable mépris ?

— Qu'est-ce que tu dis ?

— Tout le monde attend, tu le vois bien ! C'est quoi cette fierté de l'espace ?

Sa réponse fut courte :

— Tu t'es vu ? Tu fuis au premier reproche.

Laboche, quant à lui, voulait un maximum de renseignements sur la longue liste des maux qui martyrisaient le corps de maman, j'étais à jour, peigné sur le côté, décidé à ne laisser aucun prétexte à un report et enfin je l'avais là devant moi, le sauveur de mes deux, celui qui allait permettre à maman de retrouver ses jambes – et à moi d'embrasser une mère devenue câline. Avant d'entrer dans le cabinet, j'ai dit à maman :

— Enlève ton bonnet, tu fais peur.

— J'y compte bien.

Là, j'ai compris qu'elle jouait de sa coiffe orientale, l'ôtait pour être elle-même ou la mettait pour effrayer. Quant à Frédéric, je l'ai senti sur la défensive, bougon parce qu'il n'avait pas aimé ce chantage à l'amitié, tous ces coups de fil, cet empressement pour une patiente qui n'allait pas redorer le blason des pontes hospitaliers. Recevoir en urgence une immigrée coiffée d'une cagoule afghane n'était pas pour l'élever au rang de sauveur, je l'avais compris. On s'est salués, plutôt sèchement, il a eu beau sourire, il peinait à masquer une vilaine désinvolture, je cachais mieux l'envie de sortir de mes gonds et, d'une balayette, étaler son grand corps de diplômé, ensuite laisser ma mère lui cracher dans la bouche – tiens ! Rajoutes-y un coup de pompe, m'man, oui, dans les dents.

J'aurais donné une fortune pour lui délivrer, à Frédéric un – au fait, c'est ma mère et elle bénéficie du cent pour cent médical, tu verras pas une tune.

On s'est assis, maman et moi, comme deux athlètes sur la ligne de départ, prêts à lui sauter à la gorge ; il s'est assis à son tour, s'est mis à lire tout le charabia des examens sanguins auxquels je n'avais pipé mot. Maman le dévisageait avec, dans son carquois, des fléchettes d'Inca pour lui provoquer l'arrêt du cœur qu'il se doit, tout ça au cas où il s'aviserait de dire qu'il n'avait pas la solution "miracle". Rusée en diable, pour le dégeler, elle s'est mise à gémir un peu et s'est frotté le genou. Il a levé les yeux :

— Ben oui ! Tout ça c'est la conséquence d'une vie difficile ! qu'il a annoncé en jetant sur maman de merdeuses vagues d'empathie. Les grossesses ! C'est les grossesses ! Maman a rougi. C'est l'inactivité, la mauvaise alimentation… Et là, je vois une multiplication de calculs urinaires qui ont entraîné des douleurs et de multiples dysfonctionnements, tout ça a favorisé des infections… et puis y a son âge qui complique tout.

Bien sûr, j'ai pensé – continue et je te circoncis à la pierre de taille. N'en pouvant plus, je l'ai coupé dans son élan…

— Ce que je te demande, Fred, c'est de l'hospitaliser, être hospitalisée ça va la requinquer, tu vois ?

— Je vois…

Il voyait. Il a fixé maman.

— Vous avez mal où ?

Maman s'est penchée vers lui, j'ai dit :

— Elle n'entend pas.

Il s'est repris :

— Où avez-vous mal ?

Elle a pincé son ventre, a palpé ses hanches, frotté ses genoux, montré ses yeux, bouché ses oreilles. J'ai tiqué quand il a pris l'air condescendant de celui à qui on ne la raconte pas. Il a mesuré sa tension – 18/5 –, a grimacé, le stéthoscope a fait sa balade de la poitrine aux omoplates, rien de notable.

— Ça marche bien, a conclu Frédéric Laboche.

Maman s'est assombrie, elle n'aimait pas qu'on lui diagnostique un bon état de marche, ne voulait pas qu'on lui dise qu'elle allait bien alors que chaque organe, chaque os, et jusqu'à la moindre veine, la suppliciait. Le verdict est tombé, glissé en kabyle à mon oreille :

— *Daghioul.* (C'est un âne.)

— Que dit-elle ?

— Qu'elle compte sur toi.

Il a dodeliné, genre – je ne suis pas magicien.

Pendant la discussion, mon portable s'est mis à vibrer, m'en suis voulu de ne pas l'avoir mis sur silencieux, j'ai lu "Eden", le regard de maman m'a traversé d'un éclair, fallait pas que je sois distrait à cet instant précis, occupé à une autre affaire que la sienne, fallait que je sois là, tout ouïe, pour l'aider à convaincre "l'âne". J'ai retourné l'appareil qui a fini par se taire.

— Bon, dans un premier temps on va tenter des infiltrations au Diprostène, c'est un produit qui possède d'excellentes propriétés anti-inflammatoires…

— Elle connaît, j'ai dit.

— Ah, qu'il a hésité… Je veux quand même voir. Bon, mamie ! On va vous garder une semaine, ça vous fait plaisir ?

J'étais soufflé, il venait de l'appeler "mamie" – il a pris ma mère pour une Française, c'est ce que je me répétais, il a pris maman pour une Française ! Où t'as vu, sale con, qu'on appelle nos grands-mères "mamie" ? Est-ce que je vais appeler la tienne *"jeddah"* ? Médecin de gauche ! Mon cul !

Maman, qui n'a pas non plus aimé ce "mamie", ne lui a concédé ni sourire, ni "merci" mais plutôt un air qui ne souffrait aucune ambiguïté – on verra si tu me guéris, imbécile ! Sinon c'est Bent Laden (la fille de Ben) qui va frapper à ta porte.

Ensuite, je ne sais plus, je crois qu'il a dit, en guise de détente :

— Alors ? On est fière de son fiston ?

J'ai pas aimé, et la colère de mes vingt ans a refait surface, j'ai pensé – fils de pute c'est à ma mère que tu parles ; je redevenais un fils de la rue, presque un Arabe tendance FPLP, ça ne m'a pas fâché ce rajeunissement instantané.

— Bon, maman, tu rentres à l'hôpital.

J'ai pensé – putain dès que je suis en colère je redeviens arabe, ça me va pas, la colère.

À l'hôpital, tout de suite j'ai voulu prendre mes jambes à mon cou, tout envoyer valser.

Elle était laide, assise, jambes pendantes sur son lit trop haut, bouddha à l'extérieur et démon de flammes au-dedans. Quand elle m'a vu entrer dans la chambre, elle a aussitôt exagéré sa douleur.

— C'est maintenant que tu viens ?

Elle a composé une tronche à vous dégoûter de l'effort de se déplacer et j'ai regretté les petits bouts d'ananas sous cellophane et le paquet de madeleines "supérieures" que je venais d'acheter – m'man, tu me fais tout regretter, t'es chiante, avec toi le moindre geste est sali, le sursis chez toi, c'est lettre morte.

On s'est embrassés, tristes.

— Alors ? Ces infiltrations ? que j'ai dit, avec ce ton qui espère convaincre de l'innocence de la question.

— Alors, rien du tout ! qu'elle a répondu, ne laissant aucune chance au moindre espoir de rémission.

— Sois patiente.

— J'ai mal ! Tu le comprends, ça, que j'ai mal !

À mon tour, je suis monté sur mes petits poneys.

— Moi aussi j'ai mal au dos, moi aussi j'ai mal aux jambes et à la tête !

— Allez, tais-toi !

— Non, je me tais pas !

Elle ne voulait pas entendre parler d'une douleur concurrente, j'avais oublié. Elle n'en voulait, en réalité, ni aux piqûres intramusculaires, ni à Laboche, c'est bien moi qui étais visé, elle me reprochait de la déconsidérer, de traiter sa douleur par-dessus la jambe, de ne pas la vivre dans ma chair et c'est ce qu'elle a dit en kabyle.

— Vis ma douleur !

— Putain c'est beau, tu vois ! Si t'avais appris à écrire, tu l'aurais écrit.

— La faute à qui ?

Par chance et avant qu'on en vienne aux insultes animalières, une infirmière est entrée, tout en muscles des mollets :

— Booonjour !

Un bonjour aussi long que faux, accompagné d'un sourire monté sur amortisseur hydraulique, elle a filé droit sur maman qui ne lui a rien accordé d'accueillant. Intrusion sans délicatesse qui vous rappelle que vous n'avez droit à aucune intimité. J'entre et je sors quand je veux, et vous n'êtes que de passage. Le message relevait de la directive en haut lieu – de l'ambulatoire, mesdames, on veut de l'ambulatoire ! Ouste !

— Allez, on se redresse doucement.

Elle était venue plaquer une boue compacte et chaude sur tout le bas de son dos, l'a manipulée avec délicatesse mais quand même une certaine vigueur pour rappeler qu'on n'était pas là en séjour d'agrément.

Maman a tout de suite gémi, mais de soulagement.

— Eh oui, ça fait du bien !

Après que l'infirmière a étalé sa pâte, elle a ordonné :

— Maman est fatiguée, il faut pas l'embêter trop longtemps.

Qu'elle appelle maman "maman" passait encore, mais ce ton infantilisant qui s'adressait à moi a réveillé de vieux cauchemars d'adolescent sommé de finir sa carde, j'ai serré les dents. Puis, vieille antienne, l'a bien fallu que j'enclenche l'option lutte des classes, que je pense aux mille deux cents euros péniblement gagnés, aux horaires infernaux, aux conditions de travail des infirmières, à une vie plus dure que la mienne, peut-être avait-elle, elle aussi, une mère qui l'étrillait de plaintes. Fait chier la vie, fait chier de penser, fait chier d'aimer et, pire encore, de vouloir l'être.

Quant à maman, j'en étais à l'effort de convivialité qu'elle ne faisait pas et qui s'appelle le savoir-vivre, permettre qu'au moins les premières minutes revêtent un rien d'agréable, mais non ! Tout de suite en entrant dans cette chambre d'hôpital, ça avait été l'immersion dans le désagréable, la douche froide sans échauffement du corps. Chez maman, c'était la beigne d'abord et la caresse après, jamais l'inverse.

— Il est où ton copain ?

— Quel copain ?

En kabyle, elle a précisé :

— *Taarourt.* (La bosse.)

Dire "ton copain" plutôt que "professeur Laboche", c'était une manière d'anéantir la compétence, d'éclairer le côté superficiel du personnage, maman haïssait ce mot, "copain", comme les mots "vacances" ou "restaurant", toute la logorrhée du loisir lui sortait par les trous de nez. Le jeu a continué, et j'ai convoqué tous les bonzes du Tibet pour un conseil, quel qu'il soit. J'ai entonné la berceuse d'Henri Salvador…

— *Une maman douce qui me gonfle énormément…*

— Qu'est-ce que tu chantes mal.

— Oui je sais, je fais tout mal.

— Tu fais rien de bien.

— Je fais…

Pas le temps de répondre qu'une espèce de sonnerie de récré à l'ancienne m'a fait bondir, c'était son maudit portable des années 2000, un minuscule téléphone avec des touches énormes sur lesquelles on appuie de toutes ses forces avant de voir apparaître les chiffres à l'écran ; le volume était bien sûr à bloc, à cause de son début de surdité. Elle l'a ouvert, l'a collé à son oreille. Me suis éloigné pour feindre de lui accorder un peu d'intimité qu'elle ne demandait pas, bien au contraire. Et comme toute immigrée digne de ce nom, elle s'est mise à hurler un "allô" de syndicaliste minoritaire, un "allô" agressif. Petite consolation, avec son portable qui lui glissait entre les mains, on aurait cru un tigre s'attaquant à une pelote de laine, j'ai ricané – crève.

C'était un appel du bled et j'ai deviné une de ses nièces qui venait aux nouvelles :

— Je suis à l'hôpital, toute seule, oui… Mes enfants ? Quels enfants ? Parce que j'ai des enfants, moi ? Pas vu même l'ombre de l'un d'entre eux, je suis abandonnée… Comment ? Allô ? Je suis abandonnée au milieu des Français comme un vieux chien.

Ce que j'entendais d'elle m'a presque découragé, en kabyle les métaphores ont claqué. Il n'y avait donc personne dans sa chambre et des gens malintentionnés l'avaient jetée là comme une serpillière dans un vieux seau.

J'ai écouté en me demandant si quoi que ce soit qui vous lie par le sang valait d'être vécu.

Au bureau des infirmières, je me suis quand même enquis de son état de santé.

— C'est normal, il faut un certain temps avant que ça agisse… mais surtout, de l'exercice, il lui faut de l'exercice.

— Ma mère ? Des exercices ?

Sur le retour, me suis maudit d'être né, j'ai pensé à tous ces frères et sœurs morts en couche et me suis dit – veinards ! La nuit n'a pas désenroulé les nerfs noués depuis la chambre 346.

Une tache blanche et disgracieuse prenait naissance au-dessus de son front, j'ai pensé – c'est bien mon petit frère. Comme il les avait bouclés, point de possibilité de rabattre le cheveu sur le côté en éloignant la raie du milieu du crâne, ça m'a fait comme un soulagement – bien fait pour ta gueule, sale con, et t'es plus jeune que moi.

En guise de bonjour, Kamel m'a dit :

— Tu boites ?

Quand je lui ai répondu – la cheville, c'était comme évoquer un vulgaire abcès dans la bouche, il n'a pas cherché à en savoir plus, trop en savoir, c'était risquer de s'émouvoir. Au téléphone, grand prince, je lui avais dit : "je t'invite, chez moi, ça te dit une chakchouka à l'œuf ?"

"Non, non, un café." C'était tout lui, n'être débiteur en aucune manière, avec personne. Il pensait par ce principe préserver un peu de sa liberté. À peine on s'est assis qu'un nom propre lancé à la cantonade a fait tourner la tête à toute la terrasse.

— Oh, les Kaoui ! Vous payez le coup ?

C'était Driss, qui martyrisait sa canne anglaise, avec le frangin, on savait : histoire de règlement de comptes, une balle tirée dans le genou en guise d'avertissement. Mon frère s'est alors levé, ça m'a soufflé, il était prêt à en découdre :

— Qu'est-ce qu'il y a ? On se torche, c'est bientôt ramadan.

Driss, ça l'a frigorifié, il n'avait pas imaginé qu'un tel blasphème soit possible en public et à haute voix, moi non plus, je n'aurais pas imaginé cette audace.

Avant qu'il nous tourne le dos, on a eu le temps de déchiffrer : "sales harkis".

"Harki" c'était l'insulte générique pour clore toute espèce de débat entre rebeus, le mot qui satisfait son auteur parce que, à peine prononcé, il tatoue sa victime. Bref, sans la canne et ce genou qui ne retrouverait plus ses fonctions, on aurait pu, là, sur-le-champ, se faire arracher les dents et aplatir l'un contre l'autre. On l'a vu s'éloigner, on l'a vu cracher par terre et presque nous promettre de nous attacher à l'arrière d'un 4×4 – *kouffars*, mangeurs de porcs ! suceurs de blancs ! Et les alentours ont fait dans leur froc.

— Tu vois les dégâts ? m'a reproché le frangin, ça, c'est ta cuisine à la con.

La solidarité fraternelle venait de vivre ses derniers instants et l'occasion était trop belle d'énumérer les griefs.

— Sur ta page Facebook, tout ce délire comme quoi nous, les Kabyles, on serait les premiers vignerons du Maghreb, qu'on buvait avant même la parole de Dieu.

— Eh ben quoi, c'est pas vrai ?

— Bien sûr que non ! Révise ton histoire, y a eu les Phéniciens avant nous et d'autres avant eux, pis cette histoire de couscous au confit d'oie accompagné d'un pinot noir d'Alsace… c'est n'importe quoi ! D'où t'as vu que le confit d'oie se marie avec la semoule !

— Ça, c'était une blague.

Je connaissais la rengaine, je savais le reproche qui m'était fait de mettre la famille en porte-à-faux.

— Ta façon de nous raconter sur ton blog…

— Quoi ?

— Qu'un jour, pour te venger de maman, t'as acheté de la viande qui n'était pas hallal, que t'as tout enrobé dans le papier d'une boucherie musulmane et qu'on avait trouvé ça délicieux… c'est vrai ?

— Bien sûr que non, c'était pour buzzer sur la toile. À l'époque, j'avais besoin de buzzer.

Le frangin ne s'est pas déridé. Sa colère gonflait et se dégonflait comme sous l'effet d'une pompe à vélo. Quand c'était pas des mots, c'était son corps qui me menaçait. Il alternait entre une tolérance à laquelle son intelligence le soumettait et comme des ruades qui le secouaient de la tête aux pieds. Pourtant, ses études avaient été un beau parcours. Il s'était cogné toutes sortes de cursus allant de l'histoire de l'art à la maîtrise de littérature française, s'était envoyé un master en littérature comparée et enfin, un doctorat vaguement achevé qui l'a déposé, au bout de sept années, au terminus du Pôle emploi. Ensuite, il s'est refusé au déclassement des "littéraires" et s'est mis à siffler du RSA à satiété, ruminant, bien sûr, contre une société raciste.

— Mais non ! que je contestais alors, regarde-moi, j'ai fait des tunes avec un feuj.

— Un feuj, c'est un Français, ne nous confonds pas !

Et puis, maman aussi l'asticotait méchant.

— Tu veux ton argent de poche ?

Pareillement lesté, il ne supportait pas qu'une truffe comme moi, qui n'avait pas son bac, ait pu faire fortune en réduisant des jus dans des casseroles – pour un inculte, chapeau !

À l'époque ma réponse était déjà calibrée : "je cuisine pas, je me venge".

— Alors ne me mets pas dans ta guerre, ne me mêle pas à tes salades… Moi, j'ai pas de guerre à mener, ce que j'ai gagné, on me le doit.

Et tout, entre nous, relevait du bras de fer sémantique.

Ensuite, comme il avait saisi les raisons de ma convocation, il a semblé pressé d'en finir, ses doigts tambourinaient sur la table et j'ai posé ma main sur son avant-bras qu'il n'a pas retiré.

— Je demande pas qu'on soit frères, on l'est plus, OK, je veux juste qu'on accompagne maman.

— Accompagner quoi ? Elle va vivre cent ans, elle est increvable… Tombe pas dans son jeu.

— Et si elle meurt, là, demain, tu fais quoi ?

— Elle mourra pas ! Elle veut juste se faire plaindre, plains-la et basta.

— Je veux pas la plaindre, je veux l'aider

— L'aider à quoi ? Elle manque de rien ! Tu veux lui plaire ? Mais t'as quel âge ? Grandis !

Il a crié si fort que des têtes ont pivoté, et qu'il n'ait pas plus de pudeur, ma colère a fait l'ascenseur. Je voulais à mon tour en découdre, ne laisser aucune chance à sa rhétorique de plomb. Un meurtre planait sur cette terrasse bondée de la place Wilson, j'en bavais de me montrer enfin sans précaution, hurler comme lui, lui enfoncer un tesson de bouteille dans la gorge et voir le mauvais sang de la famille disparaître dans le caniveau.

A-t-il senti que j'étais prêt à la ruade, au face-à-face ? Sans doute, parce qu'il s'est mis à regarder le vide, et puis, parce que se battre contre son frère c'est possible, on le connaît, on a moins peur d'y perdre son honneur ou ses dents, on dira que c'était son frère, la victoire restera dans la famille. J'étais prêt, lui, moins que prévu, et le calme est revenu car entre frères, ça aussi c'est possible, les pires îles tropicales ont ça, une accalmie.

— Mais pourquoi tu laisses pas tout ça pourrir de sa propre mort ?

Je n'ai pas eu de réponse valable à offrir.

À un moment, il m'a demandé :

— Et les autres ?

Pour évoquer ses frères et sœurs, Kamel n'avait que ce mot, "les autres", comme si les prénoms lui écorchaient la gueule, dégradaient son CV, comme si les prononcer redonnait une chance à une fraternité qui le faisait vomir.

— Les filles, je vais les voir bientôt.

— T'as pas gagné.

Maman a regagné son appartement sans aller mieux. J'ai regretté de ne pas avoir suggéré à Frédéric Laboche de lui prescrire un séjour plus long, une vraie plongée dans l'univers hospitalier qui l'aurait pressée de rentrer chez elle.

En ouvrant sa porte, ce jour-là, j'ai d'abord vu mon grand frère, il était là, face à maman, voûté comme une vieille arcade, ils ne se regardaient pas, chacun fixait plutôt l'ombre de l'autre. Devant lui, une tasse de café, face à maman, trois oranges qui ne brillaient pas par leur fraîcheur. Sinon, pas plus de conversation que d'efforts pour sourire, et on se dit que le naturel n'est pas qu'un galop, il se braque aussi devant l'obstacle. La scène d'un tête-à-tête sans paroles était cocasse car ils n'étaient fâchés en rien, et pas plus complices de quoi que ce soit, les trois oranges l'attestaient. Il était là et ça suffisait à redorer le blason de la tribu. Il faisait son devoir, l'autre a dû penser – il me croit en prison ? des oranges… et pourquoi pas du Paic citron ?

Smaïl, c'était l'aîné, souvent ceux-là servent de punching-ball. Il n'avait pas fait exception, et son cœur s'était cousu à son insu, n'avait plus servi qu'à lui éviter d'avoir peur, peur de comprendre et peur de ne pas comprendre.

Il s'est levé, m'a embrassé :

— Tu viens souvent, non ?

J'ai répondu par la négative.

— Ah, je croyais, ça sent la cuisine.

J'ai pensé – t'as du flair toi, il a dit :

— Bon, puisque t'es là, j'y vais, j'ai du boulot.

C'était bien ça, s'agissait bien d'une visite à son comptable, d'un acte de présence obligée, un pointage d'usine. Trois oranges, j'ai songé – il pense à son diabète, quel con.

Puis, j'ai ordonné :

— Bon ! Maman, c'est l'heure.

Elle a souri de l'œil du tigre, s'est presque levée d'un bond, voulait montrer à son aîné la nouvelle ère, la nouvelle Ève. Elle s'est allongée sur le dos, à même le sol, et je me suis assis sur ses genoux pour la stabiliser. Par à-coups, elle a soulevé sa tête et j'ai compté, un deux trois, un deux trois, les bras maintenant, un deux trois… des bras qu'elle a envoyés en arrière, comme au dos crawlé, et à chaque mouvement, elle esquissait une victoire contre l'arthrose, contre son double avachi.

— On passe aux jambes !

Elle s'appliquait à respirer profondément.

— Allez, on se tourne, on rentre le genou et on se lève.

Smaïl s'était immobilisé un long moment, un œil interrogatif et l'autre aux fraises et puis, il a refermé la porte derrière lui. Maman a dit :

— Il comprend rien.

J'ai fait durer l'exercice un bon quart d'heure, elle en voulait davantage, j'ai aimé la volonté, moins aimé l'empressement, l'orgueil.

— Ah oui ! Au fait ! Il me faut une aide-ménagère pour le week-end. Ah oui, me faudrait une infirmière qui vienne mettre à jour mon pilulier…

— Ton pilulier, maman, tu pourrais faire un effort.

— L'effort, je l'ai fait.

Ses yeux venaient de me lancer un menhir sur la tronche. OK.

Après le déambulateur, je l'ai convaincue de louer un fauteuil roulant pour les trajets longs, elle a cédé, nous étions prêts. L'un dans l'autre, tout se passait bien, je maintenais une distance sanitaire, maman retenait ses pur-sang, entre nous ça sentait juste le pneu après un brusque coup de frein.

Heureusement, il y avait des jours de rémission, elle s'adaptait plus qu'elle ne guérissait, des jours de petits cadeaux que je lui faisais, des châles épais et des chemisiers saumon de chez C&A, des choses laineuses aussi, et délicates, qui me coûtaient bonbon, alors elle trouvait la force pour un petit coup de crayon sur les cils. Bien mise, on l'aurait prise pour quelqu'un d'affable et de posé. Pour ne pas dépareiller, je soignais moi-même mon apparence, fini les teddys.

On honorait nos rendez-vous comme on va au bal, mais sans aucune envie de danser. Bref, elle semblait aller mieux en habit du dimanche, moi, "habillé", je faisais plus vieux, je faisais mon âge.

— Où tu vas ?

— Je vais me faire un café.

Je lui ai senti une inquiétude, l'ai vue comme une enfant qu'on quitte à la sonnerie de l'école, ça m'a fait du bien qu'elle ait cette appréhension : je comptais donc. Quand je suis revenu, elle venait d'ôter son bonnet, se tenait la tête à deux mains, je l'ai entendue murmurer :

— Je perds la mémoire. Ça, c'est ton père.

Et je n'ai pas voulu qu'elle m'en dise davantage, parce que c'est dur de s'entendre raconter par le menu les coups portés à la tête, les insultes et le reste. Ce jour-là, elle était prête, pas moi. Soudain, les souvenirs les mieux ligotés sont remontés, recouvrant toute la surface de ce que je n'avais pas voulu voir…

J'ai six ans.

Un bruit de voiture qui freine à l'extérieur de la maison, mon père se lève, je le suis, la porte d'entrée s'ouvre et on voit maman sortir du véhicule, c'est la 504 du docteur Attali, ça me fait drôle de voir maman sortir d'un véhicule en compagnie d'un homme, ce que je ne comprends pas, c'est que c'est une très mauvaise idée de notre toubib que de lui avoir proposé de la déposer devant la porte, au vu et au su de tous les voisins, tout ça parce qu'elle était chargée comme une mule. En arrivant, maman croise papa, elle rentre son cou, mon père lève son bras, l'abat comme une hache entre le cou et l'épaule, maman s'écroule, rien ne sort de sa bouche qui soit de la douleur, alors papa réarme et l'enfonce comme un pieu, elle s'affaisse, grogne et supplie qu'on ne la répudie pas, demande pardon, reconnaît tous ses torts, papa l'insulte, lui crache au visage et avec mes deux frères, on ne sait plus dans quel camp faut se ranger, puisqu'elle reconnaît ses torts. Elle saigne et s'agrippe à son bourreau. À l'hôpital, on l'a crue, à nouveau : elle s'est cognée contre la porte, classée sans suite.

*

Il y avait ce décolleté de Sophie, des seins à la fois lourds et maintenus, et maman m'a demandé :

— Elle a quel âge, Sophie ?

Méchant j'ai répondu :

— Soixante.

Je voyais bien que maman n'y croyait pas, que pour elle, je jalousais la perfection faite femme et que, pour tout l'or du monde, l'idole ne se retournerait pas sur un forain comme moi, un vulgaire vendeur de burgers hallal. Peut-être a-t-elle pensé que c'était moi, le raciste, et pas elle, oui, elle était française par intermittence, et je trouvais que c'était pas si mal. Ce fut mon erreur, ce jour-là, de pas m'être aligné sur un quelconque avis ou jugement qui soit sien.

C'était comme si je la décevais de ne pas être plus grand d'esprit, plus en nuances, même pour de faux. Je n'étais décidément qu'un indécrottable con et elle n'en ferait pas une maladie. Et, pan ! l'ordre a claqué :

— Sors-moi d'ici, j'ai envie de marcher.

— Quoi, tout de suite ?

Me suis exécuté.

— Chez Auchan, oui, faut que j'achète des soutiens.

— Des soutiens-gorges ?

— Oui des soutiens-gorges ! Je porte des soutiens, je suis pas une vache qui traîne ses pis !

J'ai maudit Sophie, j'ai maudit mes sœurs de ne pas être là tous les jours à son chevet. Évidemment, je ne voulais pas les lui acheter, ses soutiens-gorges, évidemment, je voulais lui suggérer de vivre sans, parce qu'à son âge on se fout de l'apparence et parce qu'aussi, une peur grossissait en moi au rythme de ses désinhibitions – bon sang ! mais quel fils achète des soutiens-gorges à sa mère ? Qui les lui ajuste ? Des méchancetés m'ont traversé d'une tempe à l'autre – je t'avertis, maman, je ne pourrai pas tout faire, à cause de toi j'suis trop viril – tu le comprends, je pense, ce mot ! Viril, kabyle si tu préfères. Bon sang comment lui dire – tu sais, ce que tu voulais que je sois et que tu me reproches maintenant d'être devenu ?

— Écoute, t'es un grand garçon, t'es marié, tu sais ce que c'est qu'une poitrine de femme, c'est lourd souvent, un soutien-gorge ça soulage le dos, ça te va comme explication ? Tu veux que je guérisse, alors guéris toi-même !

Elle s'est arrêtée net devant le salon de coiffure, quelque chose ou quelqu'une la turlupinait. À l'intérieur, une frisée de son âge la toisait, je n'y avais pas prêté attention, dépité que j'étais à l'idée de traîner maman sur des kilomètres de rayons féminins. La vaniteuse d'origine maghrébine souriait en peignant de ses doigts des cheveux plus lisses que des fils de soie, elle semblait dire – na, na nananère. Un tête-à-tête de bêtes à cornes a zébré l'air. J'ai dit à maman :

— Tu la connais ?

— Non mais je la déteste.

— Tu veux qu'on entre ? Ça te ferait pas de mal, un petit défrisage.

— Pas maintenant.

— Je te l'offre, allez, lâche-toi.

— Pas maintenant.

J'ai noté qu'elle n'avait pas dit "non", qu'elle était à un rien de céder à la tentation. Sans ce tête-à-tête de carcasses ronchonnes, l'idée ne me serait pas venue de lui proposer une coupe de cheveux. L'idée de l'embellir tout court ne m'avait jamais traversé l'esprit. Dingue, et dire que je ne lui ai pas acheté le moindre bracelet de toute sa vie.

Je lui ai senti une envie d'être belle et je m'en suis voulu qu'il m'ait fallu tout ce temps pour appréhender ce b.a.-ba de la délicatesse, de ne pas lui avoir offert, plutôt que de l'eau de Cologne, un *N° 5* de chez Chanel. La pauvreté, bon sang ! ça vous emboucane jusqu'à l'os, voilà ce que j'ai pensé.

Dans les allées du rayon lingerie fine, j'ai d'abord prié pour ne pas croiser une voisine, j'ai fureté, peur d'être reconnu par une vipère cousine, j'ai décroché à la va-vite toutes sortes de soutiens-gorges, tous plus énormes les uns que les autres. Maman se les appliquait sur la poitrine, sans complexes, et je disparaissais derrière le caddie. À bonne distance, j'observais cette femme, ma mère, que je ne connaissais pas, une femme avec des préoccupations de femme. Me suis un tantinet flagellé – j'ai à ce point oublié que ç'en était une, qué tanche ! Et un autre, et un autre, et à chaque fois une grimace désapprouvait mon choix.

— Playtex ! Je veux Playtex !

— Mais ne gueule pas comme ça !

— Merde !

Me suis dit – mais qu'est-ce qu'il a de plus, ce Playtex ? C'est quand même pas un truc à balconnet ?! J'ai insulté Sophie Davant, puis Marilyn, toutes les idoles à gros seins.

On a quitté le rayon lingerie bredouilles et un air de haute montagne s'est engouffré dans mes poumons, ouf.

— Par là ! a-t-elle ordonné.

C'était le rayon chaussures cette fois.

— Celles-là.

— C'est Adidas, maman, c'est pas pour toi, sois raisonnable.

— C'est ça que je veux, comme les tiennes.

— M'man, c'est pour les jeunes !

— Pourquoi, tu es jeune, toi ?

J'ai obéi, me suis agenouillé sans broncher, ai fourré le pied de ma mère dans plein de pompes à trois bandes, ça non plus, je ne l'aurais pas imaginé une heure plus tôt.

— Oui, celles-là.

Le plus terrible, c'est que j'ai trouvé qu'elle avait de la gueule, en Adidas, et plus terrible encore, c'est quand elle m'a balancé son déambulateur et s'est mise à marcher presque normalement, baskets aux pieds, étiquette au vent, j'étais moi, derrière elle, la personne à mobilité réduite.

Maman était accrochée à la télécommande. La chaîne dégueulait des sondages qui qualifiaient Macron et Zemmour au second tour. Elle a maugréé – sales races, sur un ton de colère impuissante et là, au débotté, comme si nous avions entamé un débat une heure plutôt, *the question*.

— C'est quoi ça, Makrout ?

— Tu veux dire Macron ?

— Oui. C'est bon pour nous ?

Elle doutait, pensait aux cinquante euros qui venaient de lui être retirés de son APL – je te confirme, c'est une loi Macron. Il nous avait fallu deux décennies, à mes frères et à moi, pour lui faire intégrer la notion de gauche, une de plus pour la droite, et je me suis rendu compte que je ne savais pas où précisément situer le macronisme sur l'échiquier idéologique.

— Bon alors ?

— Attends !

Je n'avais pas l'intention de me lancer dans un cours magistral, je cherchais plutôt à abréger l'explication quand une idée lumineuse m'est venue :

— C'est le centre.

— Le centre ?

Elle a réfléchi un peu et d'un coup s'est écriée :

— Ah... le centre commercial ?

— Oui ! Oui, c'est ça ! Macron, c'est le centre commercial ! Bravo m'man !

On n'aurait pas pu donner définition plus pointue, on n'aurait pas pu rendre maman plus heureuse jusqu'à ce que Kamel entre et que l'on passe des félicitations aux griefs.

*

— T'as planté la tente ?

Mes tempes ont chauffé. C'était plus fort que lui, lui fallait cette hostilité pour exister, heureusement "l'expression" a échappé à maman. Ils ne se sont pas embrassés, il lui a tendu la main, elle a soulevé la sienne et j'étais content de l'avantage que j'avais sur lui. Moi, maman, je l'avais toujours embrassée, par défi, la plupart du temps, comme pour lui arracher des sentiments qu'elle me refusait. N'empêche.

Ça ne l'a pas gênée, Taos, de ne pas tendre ses joues à un oursin qui lui-même ne voulait pas se frotter à un hérisson, ça ne la gênait pas non plus qu'on ne se soit pas embrassés avec Kamel, elle y trouvait quelques avantages, à la désunion, mais j'ai pensé – avoir l'affection comme ennemi, quel gâchis ! Et puis, m'est revenue l'histoire que maman me racontait jadis, pour m'ébouillanter, l'histoire de la vache qui donne naissance à un hérisson, quand celui-ci voulait téter sa mère, elle hurlait de douleur, le hérisson est mort de faim.

— Ça prend du temps, tous ces papiers.

Kamel a promené partout dans la cuisine ses narines méfiantes.

— Parce que tu fais à manger ?

— Oh ça ! C'est un flan de pois chiches, trois fois rien, un peu de farine, des œufs, des pois chiches, elle adore ça, les pois chiches.

Lui ai senti l'envie d'une lampée mais bien sûr qu'il n'en ferait rien et, pour une fois, j'étais pas mécontent que son obsession d'être débiteur l'en empêche. Maman, rusée en diable, a fait :

— Goûte, mon fils, c'est très bon.

C'était le meilleur moyen d'obtenir un refus.

J'ai même subodoré chez elle un – disparais de ma vue, cataracte du cœur. Je commençais à admettre qu'on puisse être mère et vomir sa couvée, qu'on pouvait être frère et vomir la fratrie, qu'on pouvait être un bon père et ne pas vouloir de ses mômes tous les jours à la maison – et que tous les parents devraient avoir des doubles qui leur permettraient de respirer, que des "pauses parentales" pourraient être un antidote à l'usure. Sur la table basse, un morceau de tarte aux pommes n'avait pas échappé au regard jaloux.

— Une tarte aux pommes ! Rien que ça !

— Tu sais bien que c'est son fruit préféré.

Ce qu'il ne savait pas, c'est que j'avais raconté à maman que je faisais régulièrement des tartes aux pommes auxquelles j'ajoutais de la crème fraîche, un peu de liqueur du Calvados et de la poudre d'amande, et que Leïla en raffolait – quoi ! avait grogné Taos, tu fais des tartes aux pommes à ta femme et tu ne m'en as jamais apporté ! Le morceau de tarte aux pommes s'était tordu de partout. Ça faisait trois jours qu'il était là, et je m'étais juré de pas y toucher parce qu'au moment de la servir elle l'avait d'abord écrasé du bout du doigt en plissant l'arête de son nez – elle a séché, ta pomme, et avait tout repoussé du bout des ongles. Après, elle n'a pas osé s'en débarrasser, peur de me vexer alors que je m'étais enterré de colère, bien sûr, et je n'ai pas voulu non plus débarrasser la table pour qu'elle garde l'infamie sous les yeux aussi longtemps que possible.

Un flan de pois chiche, un morceau de tarte aux pommes.

Et c'est dans un espagnol qui ne roulait pas les *r* qu'il m'a demandé :

— *¿Pero qué haces? ¡Estas aquí every day!*

— *Estoy preparando las cosas de médico para hospedarla.*

— *¿Hospedarla?*

— *¡Sí! Ahora no puede débrouillarse sola. ¿Entiendes?*

— *Sí, entiendo claro. ¿Pero tienes tiempo por eso? ¿Para ocuparte de una vieja que nos cassa los cojones?*

— *No sé.*

On se parlait un espagnol de caniveau barbouillé de français ou d'anglais, on se foutait des règles grammaticales, l'essentiel était d'empêcher maman de se mêler à notre conversation, c'était un vieux réflexe de l'enfance, parler une langue qu'on croyait de Cervantès pour l'embrouiller. Depuis, je crois que maman hait la langue espagnole et tous les Espagnols qui la parlent. En nous écoutant, elle s'est souvenue du stratagème d'antan, et des flammes ont surgi du chalumeau qui lui servait de bouche pour nous viser.

— Merrrde !

Qu'elle nous vise indifféremment, je crois que ça nous a rappelé un temps où la mettre hors d'elle-même était devenu un jeu. C'était du baume au cœur, qu'elle soit dans tous ses états. Cet "espagnol" revêtait un je-ne-sais-quoi de particulièrement cruel, surtout quand elle se remémorait ces voyages qui traversaient l'Espagne pour atteindre le bled – *moro ! moro !* s'écriaient les gens du cru tout en nous désignant comme des singes sur la branche.

Kamel ne s'est pas assis, voulait sans doute par là rappeler son indépendance, plutôt son non-attachement à quoi que ce soit, il planait au-dessus de nous plus qu'il n'était présent et parlait en observant tous les changements visibles depuis mon retour. Comme il n'avait rien à dire à maman, il s'est aidé d'un pronom pour l'interpeller.

— Bon, toi, ça va mieux ?

— Comme ceux qui vont mourir.

— Oui c'est ça ! Et, se tournant vers moi, c'est un copain à toi, ce rhumato ?

Là, maman a fait rouler ses lèvres, Kamel s'en est satisfait, un partout. À cinq heures pile, la mosquée réveil a alerté la planète à niqab, elle s'est levée, pas fâchée d'un prétexte pour nous fuir et sans l'aide du déambulateur. Kamel m'a chuchoté à l'oreille :

— C'est ça ta mourante ?

Et, comme pour lui rabattre son caquet, au petit frère, elle a ordonné :

— Allez viens, on sort.

— S'il te plaît, on dit s'il te plaît.

J'en croyais pas mes yeux : d'un air docile elle a répété :

— S'il te plaît, et aussitôt ajouté : mon fils.

Avant de partir Kamel a retenu ses poings, sa salive et des armes de catégorie 5.

— Au Géant Casino !

— On dit : s'il te plaît !

— Oui, s'il te plaît.

*

À peine à la galerie marchande, je l'ai sentie colère, tous ces gestes brusques pour ôter ses foulards et ses yeux qui mitraillaient les devantures jusqu'à ce qu'elle fonde droit vers le salon de coiffure.

Maman a dit :

— Comme l'autre dame avec les cheveux rouges.

— L'autre dame ?

— Oui, la semaine dernière, vous avez lissé une dame d'origine maghrébine, que j'ai cru bon de préciser.

— Ah ! Un lissage.

— Peut-être commencer par un défrisage, je crois que c'est ce qu'elle veut.

Me suis assis et pendant deux heures j'ai vu maman souffler le bonheur des Açores, des doigts lui caressaient le crâne d'avant en arrière, la vidaient de migraines têtues. Elle a ouvert grand la bouche pour pécho de l'alizé et j'ai dû, par procuration, sentir les mêmes doigts anesthésier le mien, de crâne, je vivais cette fois non pas sa douleur mais un bien agréable bonheur… et puis là, sous mes yeux, une revue, et en couverture : Sophie ! Mon ennemie jurée, avec un bandeau en gros caractères : *Être jeune c'est dans la tête.* J'ai dû grogner – tu vas nous lâcher oui ? Maman et moi, on veut pas rajeunir, on voudrait trouver une langue qui nous soit commune, tu peux faire ça ?

Quand on est sortis, maman s'est couverte, comme si elle ne voulait pas qu'on sache, comme si ça ne regardait qu'elle, comme si tout ça, c'était pour voir, pour l'avoir fait et c'était bel et bien fait, mais quand même, elle cherchait sa Maghrébine aux cheveux rouges puisqu'elle a grommelé – c'était un mardi ! On est mardi.

On a fini à la cafèt', épuisés elle et moi, et c'est à la tête du serveur que j'ai soufflé à maman :

— Le ramadan !

Le pauvre garçon, confus, n'arrivait pas à articuler un – mais non ! il faut pas, c'est péché, pas vous, pas une *hajja*. Une vraie tronche de coupable. On était en plein ramadan dans une grande surface qui accueillait tout Oran et un peu des faubourgs de Casa, il hésitait à nous approcher, nous servir, peur d'être mêlé au pire des péchés. Le bonhomme s'est d'abord lentement éloigné et s'est finalement volatilisé. C'est une demoiselle qui est venue à la rescousse, une Française en bonne et due forme qui a pris notre commande.

— J'en ai rien à foutre ! a snobé maman devant le défilé des familles venues faire le plein de dattes et de sucres lents. Elle a levé sa tasse bien haut et bu avec une rare délectation.

— Ça se voit pas que je suis malade ? a-t-elle adressé à tout ce qui portait voiles et niqabs.

Le serveur, rebeu beau gosse à la coupe taillée au scalpel, caché derrière le bar, ne nous a pas quittés des yeux, il attendait l'affront, il ne fut pas déçu quand il m'a vu entamer mon croissant, même la tête entre les genoux. Quant à maman…

— Non, je mange pas.

J'ai saisi le deal avec Dieu – j'ai soif d'accord mais je ne mangerai pas. Comme le yin et le yang enlacés.

À cause d'un frigo dépouillé ou d'un lave-vaisselle chargé jusqu'à la gueule et qui exhalait une odeur de pourri, le ton est monté dans la cuisine entre Boris et moi, colère rentrée parce que les enfants étaient là à claquer du Fifa.

— Suffit pas de la remplir, la machine, faut aussi appuyer sur le bouton.

Me suis rappelé le silence qui parle à la place des mots, si bien que Boris a décrypté le sous-texte – j'avais dit que je t'hébergeais quelques jours, pas qu'on devenait colocataires. Il s'est dégonflé instantanément.

— Et dire qu'il y avait une femme sublime ici, belle, bonne et tout, c'est invraisemblable ! Mais comment t'as fait pour la perdre ?

— Hum ?

— Tu l'as même pas trompée ! C'est connard, cette histoire.

— Qu'est-ce qui t'arrive ?

— Tu cuisines plus, tu cherches plus, t'es plus là. Mais à quoi tu passes ton temps ?

— À être utile.

— Je croyais que t'étais crevé, que tu rêvais d'une plage, d'Essaouira… Pourquoi tu n'y es pas, pourquoi tu pars pas ? Si c'est la tune…

— Mais tu fais quoi, toi, de tes journées ?

— Je cherche, je rencarde, je visite des lieux, tiens : du côté d'Albi, je t'ai déniché une abbaye du XIIIe tout en pierres rouges, faudrait pas des mille et des cents, tu sais…

Pendant qu'il décrivait les pièces, leur métrage et leurs fonctions, une idée faisait son chemin – faut pas croire, Slim, les "étoilés" sont pas que de la capitale, au contraire…

Un OM-PSG avait réuni mes fils et "le bel Antonio" qui, lui, ne s'intéressait pas au foot, ce qui l'espantait, c'était cette guerre que nous menions mes fils et moi contre Paris, ce kiff de minoritaires, comme il disait, qui nous liait. Être kabyle, issu de l'immigration et provincial, ça nous conférait des élans de révolte qui le distrayaient plus qu'autre chose. En attendant le coup d'envoi, ça ferraillait comme une rengaine de tous les week-ends. Eden envoyait de la grosse bûche.

— L'arrogance, l'arrogance, j'en ai rien à foutre qu'il soit arrogant, je m'intéresse pas à l'homme mais au projet, vous voulez un projet qui soit parfaitement de gauche, assumez, les mecs, assumez !

Il parlait de Mélenchon, il savait que je l'écoutais, avait même retenu ma sentence – j'suis réfractaire aux autoritaires, il mettait ça sur le compte de l'âge et je lui avais validé l'argument pour qu'il n'essaie pas, à son tour, de noyer son rouge dans l'eau.

— Président, il se polira comme les autres, une galette.

— P'pa, t'as oublié tes origines, on a besoin de colère, même à la caribéenne.

Entre mon pote et Eden, ça s'est mis à crépiter sur un sujet que je ne voulais plus qu'on aborde en présence de Boris.

— Comment tu fais, a demandé celui-ci, pour être antiraciste et arborer ce "Palestine" sur ton sweat ?

— Comment tu fais pour être antisioniste sans être pro-palestinien ?

Réponse, sèche et assumée. Boris ne reconnaissait plus le marmot gourmand de crêpes, le chérubin dont il avait été le maître-nageur, le stratège des plans d'attaque lors des tournois de foot. Les phrases étaient courtes, comme des mèches qui risquent de vous emporter.

— Comment dit-on Freud en hébreu ?

— Et Œdipe, ça se dit comment en kabyle ?

J'ai pensé que j'aimais mieux être en compagnie de Leïla. J'ai pris mon téléphone et quelle ne fut pas ma surprise quand elle m'a dit – oui demain si tu veux.

La nuit posait ses premières tuiles au-dessus du canal du Midi. Elle a préféré qu'on marche. Bien sûr, on ne s'est pas embrassés, les smacks ne nous allaient pas, comme se tenir la main ou par l'épaule, tous les signes extérieurs du couple nous rebutaient, à cause de l'hypocrisie, des convenances et du malaise de n'être pas naturels. C'est le noir qui convenait, l'obscurité qui libère les gestes, désinhibe les intentions. Nous aimions cette sauvagerie aveugle jusqu'à l'épuisement et, le lendemain, on se convainquait qu'il ne s'était rien passé de particulier. Le long du canal, un étranger nous aurait plutôt pris pour frère et sœur. Après qu'on a fait le tour du silence, les petites choses pragmatiques sont venues.

— Eden aura besoin de cinq mille euros, même à Montreuil les loyers c'est n'importe quoi.

— Pourquoi il me les demande pas à moi ?

— Arrête de faire la course au meilleur parent, il te kiffe, je peux te le jurer sur la tête de ma mère… Si tu veux tout savoir, ils m'ont demandé pourquoi on s'était séparés.

— Et ?

— J'ai dit que tu m'avais traitée de démissionnaire.

— Je t'ai traitée de démissionnaire ?

— D'immature aussi, de coincée, de superficielle.

— Non mais ça, c'était dans la passion du débat !

— La passion, ouais, c'est un joli prétexte pour dire des horreurs.

Je ne suis pas allé plus loin, j'ai juste pensé que "démissionnaire" m'allait tout aussi bien. On s'est pas embrassés, on s'est pas salués, la réciprocité de nos névroses nous aidait bien.

— Viens, je vais te faire un bon plat comme tu les aimes.

C'est ce que m'avait dit ma sœur au téléphone. Quand j'ai composé son numéro, c'est exactement ce à quoi je m'attendais. Elle avait cette facilité qu'ont les grandes sœurs à jouer les autruches, parce que, chez nous, les grandes sœurs veulent garder les frères à tout prix. Les apparences, c'est tout ce qui comptait pour elles, en gros, entretenir le mythe de la famille nombreuse où les vêtements se passent d'un âge à l'autre.

Bien sûr j'ai répondu "oui" à l'invitation, bien sûr j'étais gêné, ça faisait des mois que je n'étais pas venu aux nouvelles, des années que je me foutais bien de savoir si elle était heureuse, de savoir si j'avais toujours cette grande sœur qui relayait ma mère quand, enfant, je faisais sur moi. Je n'ai pas pu m'empêcher de penser que ces vingt dernières années, je n'avais été invité par aucun de mes frères, ni ne les avais reçus.

En entrant chez elle, j'ai remarqué mon livre de recettes rangé à la perfection au milieu d'une dizaine d'autres, vraisemblablement pas lu.

— Tes recettes, pas si faciles, trop de mélanges, franchement j'aime pas.

C'était franc du collier et ça ne m'a pas vexé, cet obscurantisme culinaire, et puis cette expression, "tes mélanges", comme si j'étais à l'atelier barbouille.

Vers midi, j'ai eu droit au non-mélange culturel, soit : la galette berbère, les poivrons frits, le *ghassban*, les boulettes de semoule cuites dans un bouillon d'ail, de persil et de piment rouge moulu. Mon beau-frère, qui détestait la semoule, s'était fait préparer des frites et un steak haché. J'ai pensé qu'il aurait pu, plutôt que d'emmerder ma sœur qui s'attaquait à deux cuissons différentes, éplucher lui-même ses trois frites et cuire à point sa bouse de steak. Il ne manquait pas de chaleur, mon beauf, avec sa moustache radine et ses bajoues d'éponge, mais la cuisine restait pour lui l'endroit des femmes, il n'y était jamais que de passage. J'étais encore debout quand ma petite nièce est venue vers moi :

— T'es qui toi déjà ?

M'a semblé indécent d'annoncer "je suis ton tonton" ; me suis tenté un "je suis le frère de ta maman", qui a laissé ses pupilles en suspens.

Pour ne froisser personne, j'ai obéi au cérémonial des pistaches et autres anchois en boîte et ce, pendant que ma sœur roulait des pâtes à gâteaux, épluchait ou torchait la petite dernière, dans le désordre.

Dans son jeune âge, elle s'était fait des plans de comètes défrisées, elle rêvait d'être coiffeuse, d'avoir son salon à elle, elle pensait réaménager le garage que nous avions alors – avec toutes les frisettes qu'on a ici, je pourrai même embaucher ! Papa avait accrédité l'idée. Faire main basse sur le salaire de la frangine relevait de la continuité des bonnes mœurs ; quant à ma sœur, elle eût été trop heureuse d'être dépouillée au nom du saint orgueil patriarcal. Et puis, tradition oblige, quand le corps montre ses formes et que la culotte saigne, le "non" paternel a mis fin aux rêves de brushings.

Quand tout fut prêt et la table mise, Selim, mon neveu, nous a rejoints, accoutré de large, style hip-hop aisé, carapacé de noir de la tête aux pieds.

— Ouèch tonton, mes cousins, toujours à l'école ?

Il a glissé ses pieds sous la table, et l'idée d'y envoyer une paire de calottes m'a traversé.

Sans vergogne, il a planté son nez au-dessus de la soupière, a humé et s'est frotté les mains. Pas une seconde il n'avait songé mettre la main à la pâte, juste il a dit :

— On va se régaler, tonton !

La honte m'a encore envahi d'être attablé de la sorte chez ma sœur qui, pour ne rien arranger, souriait en boniche consentante. On s'est assis, Ouardia s'affairait, guillerette, et mon beauf tournait par intermittence la tête vers la télé pour l'énoncé du second tour des présidentielles, il a fait part de sa synthèse – tous des bâtards. Pour ne pas ouvrir un débat, j'ai acquiescé.

Calé entre le père et son fils, je suivais des yeux ma sœur qui allait du four à la table, de la table au frigo. Le mouvement l'empêchait sans doute de penser à l'esclave qu'elle était redevenue le jour de son mariage. On a beau avoir faim, on regarde sa sœur et c'est sa mère qu'on voit, font chier les racines, ces défaites.

Maudit tableau, j'étais mal de cautionner ce Moyen Âge à rallonge, j'ai pensé – tu te brades, frangin, tes pieds sous la table, cette posture tant redoutée, bravo ! et me suis mis à rêver d'une sœur cuisinant clope au bec et tendant un majeur à des réflexions d'affamés, voire, pulvérisant un désodorisant lavande sur sa fille qui aurait fait dans ses couches. Je l'avais fait, ça, un jour de garde alternée.

Après nous avoir servis et après qu'on a déchiré tous les plats, ma sœur attendait le verdict, parce que, chez nous, les grandes sœurs attendent ça, le verdict, et un "c'était trop bon, maman !" ne s'est pas fait attendre, mission accomplie. Bien sûr, une fois les assiettes récurées et les verres de coca sifflés, les bonshommes s'en sont allés roter leur satisfaction chacun dans son coin et j'ai aidé ma sœur à débarrasser la table. Ouardia, ensuite, a saisi la cafetière qui gloussait déjà et m'a servi lourdement comme pour prolonger ma présence, en vérité pour me faire part de son exaspération.

— Attends, je marie mon fils et elle me dit qu'elle ne viendra pas ! Sous prétexte qu'il est trop jeune ! T'y crois ?

— Elle t'a dit ça ?

— Oui ! Trop jeune ! Mais de quoi je me mêle ? Et pourquoi qu'ils vivraient pas à la colle, tant qu'elle y est.

Comme les larmes lui montaient, la colère m'a chevauché d'un coup.

— Qu'est-ce que t'en as à foutre, qu'elle vienne pas au mariage ?

— Quoi ? Et je vais avoir l'air de quoi ?

Je suis resté sans voix, me suis juste rappelé que, moi, c'est sa présence, à maman, que j'avais regrettée, le jour de mon mariage. J'avais eu droit à une gueule d'exhumée. J'ai regardé la frangine réajuster un serre-tête comme pour contenir des migraines devenues intimes.

— Sinon ça va, toi ?

J'ai senti qu'elle espérait gratter des nouvelles sinon fraîches au moins de première main, il lui restait ça de récréatif, les petits ragots qui consolent de ne pas être la seule que la vie déglingue. On s'est installés un peu à l'écart et, machinalement, elle s'est emparée de la télécommande et a éteint la télé. Un "oh !" râleur est parvenu de la terrasse, c'était le beau-frère, qu'elle a envoyé paître d'un mouvement du poignet. À la télé, c'était encore Éric Zemmour qui, d'un index assuré tançait : "que ce soit l'immigration légale ou illégale, je dis bien légale !!!"

Ma sœur a soufflé, comme exténuée :

— J'en peux plus ! T'as vu ? Il dit qu'il est kabyle. Si c'est vrai, je renie le Prophète !

— C'est pas déjà fait ?

— Pardon ?

Elle a posé la paume de ses mains sur les miennes, l'air de dire – y a plus mes parasites, parle-moi. Et j'ai ouvert une porte qui lui était accessible, en gros, fait part des doutes que j'avais sur l'avenir de mon propre couple.

— Oh non, pas vous !

Ça sonnait faux. C'était humiliant, ça insinuait que Leïla et moi vivions comme deux moules immobiles, dans l'évidence d'une vie sans accrocs, et c'était vexant d'être interdits de tempêtes sentimentales. Au bout d'une heure, j'ai à nouveau évoqué maman :

— Je crois qu'elle perd chaque jour un peu plus de son autonomie, c'est ça qui m'inquiète.

Ça ne l'a pas plus secouée que ça.

— Si quelqu'un veut la prendre en charge, bonne chance.

Ce fut sa réponse. C'était clos, sans appel et toute envie m'a fui de vouloir faire l'effort de l'écouter encore. Histoire de partir moins coupable, je me suis mis à rincer quelques casseroles, mon beauf s'est approché, a collé sa bouche à mon oreille et m'a murmuré :

— Mais qu'est-ce tu fais ? T'es un pédé ou quoi ?

J'étais au portail quand la frangine, affairée à ranger la petite vaisselle, m'a apostrophé :

— Demain c'est couscous, si ça te dit.

— Parce que tu le fais le vendredi ?

Depuis le couloir, j'ai entendu des psaumes, j'ai reconnu l'appel à la prière et tout de suite, me suis étonné du niveau sonore ahurissant, parce que maman s'efforçait d'être la plus anonyme possible auprès de ses voisins. Un découragement a fait tomber mes épaules – merde, elle fait machine arrière.

Je suis tombé nez à nez avec Anis, le fils de Smaïl, mon frère aîné, il était vautré sur le fauteuil des "invités" tel un pacha, les yeux sucés par l'écran, plutôt des billes imbibées d'herbe, avachi, les épaules au-dessous du tronc. En me voyant, il s'est raidi, s'est tenu à bout de bras sur les accoudoirs, prêt à fuir, sans doute avait-il cru que j'avais déserté le terrain des opérations, c'est ce que j'en ai déduit. C'est à sa tenue que j'ai compris que maman cherchait à se fabriquer une caution crédible, au cas où des points lui manqueraient au barrage du paradis. Elle portait une large gandoura fuchsia. Anis, lui, un blouson qui cachait mal un qamis blanc. Je l'ai dévisagé, une tronçonneuse à la place des yeux, lui s'essayait à une pauvre résistance et j'ai finalement préféré me tourner vers la vilaine qui n'en menait pas large.

— C'est fort, maman, c'est fort !

Me suis aperçu qu'elle n'avait pas mis son oreillette.

— T'as pas mis ton oreillette, mets ton oreillette, bon sang !

— C'est la pile, elle est fatiguée.

— Ouais, c'est ça.

Tout en aidant maman à se saisir de son sonotone, j'ai hurlé à l'envi sans un regard pour mon neveu.

— Toi, connard, ça te dérange pas, ce boucan ? Tu veux peut-être effrayer les voisins ? Tu veux la faire passer pour une jihadiste ?

— Mais non… c'est elle qui m'a appelé !

— Allez, ferme-la.

Sa barbichette en duvet, cet air de sage trop jeune, l'éclat de son accoutrement qui contrastait avec l'obscurité du regard, c'était désespérant.

J'ai repensé à sa morgue, chez Lakhdar, à cette facilité à mal me parler, entouré de ses potes. Là, le cou rentré, Anis n'avait plus sa tête de tueur, il était comme merdeux, désépaissi, une mixture à la croisée de la médiocrité et de l'aigreur.

— Qu'est-ce tu fous là ?

— Je viens voir grand-mère, j'ai le droit.

— Le droit, qu'est-ce que tu sais du droit ? Allez, casse-toi, casse-toi.

Plus lassé qu'autre chose, j'ai envoyé paître ma rancœur contre la vitre et fini par me noyer dans le flou de la buée que provoquait ma respiration. Anis, lui, attendait de maman une défense qui n'est pas venue. Du coup il hésitait entre l'affront et la fuite, ne savait plus. Il était comme écartelé, les jambes de part et d'autre d'un grand vide. D'ailleurs ce "grand-mère" à la française m'a fait sourire, c'était bel et bien un Français, et ma mère l'inamovible Kabyle.

Un gouffre les séparait, sauf qu'il s'était mis en tête de croire, un peu par mimétisme, un peu pour voir s'il pouvait, chez "grand-mère", trouver une caresse quelle qu'elle soit, doublée d'un certificat d'identité. En attendant, chacun attendait que ce soit l'autre qui le sauve mais aucun n'avait de bouée susceptible de lui garder la tête hors des vagues. Les miens, d'enfants, disaient *"jeddah"* sans la connaître, ça avait l'avantage d'être plus rigolo.

Quant à maman, elle ne se tournait plus vers le ciel que par intermittence, à cause de ces douleurs qui contaminaient sa foi, elle n'acceptait plus qu'aucun de ses vœux ne soit exaucé, elle ne faisait plus qu'errer de sourate en sourate, qui elles aussi prenaient l'eau.

Je me rappelle. C'était comme une victoire quand elle pliait son tapis de prière et qu'elle soufflait, exténuée, cette lassitude criante, c'était comme un blasphème et je criais "yes !".

Le temps que j'ôte mon blouson, mon connard de neveu s'est mis sur ses pieds – bon, j'y vais, grand-mère. Maman ne l'a pas retenu, c'est à peine si elle a compris que le "grand-mère" s'adressait à elle. Quand la porte s'est refermée, j'ai demandé :

— Qu'est-ce tu fais, m'man ?

— C'est le fils de mon fils, qu'est-ce que tu cherches ? Tu veux que je le chasse ? Il est musulman, lui !

J'ai pris la télécommande et j'ai fait disparaître le grand manitou à capuche, c'était maintenant une certitude, elle appliquait une règle pour laquelle j'avais servi de cobaye – plutôt en gaver un que donner à chacun une part trop maigre : celui-là allait servir de joker au moment du grand passage.

— Pourquoi t'es dur comme ça ? qu'elle s'est plainte et, tout en se frottant la cuisse, elle a rajouté, c'est pas moi, ça !

— Quoi ça ?

— Ce que vous êtes devenus !

Pour effacer la présence de mon neveu, j'ai filé droit vers le balcon en griller trois ou quatre. En me voyant, une ombre voilée et maquillée à outrance, que j'avais croisée quelques minutes plus tôt, s'est retirée de sa fenêtre. J'ai pensé – gloss et Coran, bel attelage. Il faisait un peu sombre, j'ai tourné le variateur pour éclairer la pièce. Maman a boudé, elle n'aimait pas que je range, que je désorganise son espace, redonne des couleurs à son appartement, tout cela atténuait l'urgence. Et soudain, une envie irrépressible m'a pris de la bousculer. Rien à foutre ! Je cuisine.

Une purée de pois cassés, tant pis si ça finit à la poubelle. Bien que son dépit ait rongé toute espèce de goût, j'espérais la convaincre par le fumet.

— Maman, je sors faire des courses, ne ferme pas.

— J'ai pas faim !

— T'adores les pois cassés !

— J'ai besoin de personne !

— Oui, je sais, en Harley Davidson.

À mon retour, elle m'a regardé faire et ça lui a plu, ma façon de saupoudrer, cette dextérité à éplucher, tailler, sans me lasser, cette de façon de hacher finement l'ail, et puis de frire, de faire cuire à feux doux en remuant avec une régularité de grande aiguille. Je crois qu'elle a voulu se mettre à table avant même que ce soit cuit.

C'est vers les quatorze heures qu'une tornade longiligne et maigre est entrée, un ouragan fluet mais ouragan quand même, et qui a filé droit vers la fenêtre pour l'ouvrir – fait chaud ici. Chacun a compris qu'il était bon de faire museau, cet oiseau-là, fallait pas s'y frotter.

— Ah, t'es là ? qu'elle a bougonné à mon endroit.

Et tout de suite, la remarque désobligeante :

— C'est quoi ses cheveux ? Elle est passée sous un train ?

La tornade, c'était Soraya, ma petite sœur, maquillée comme à Dunkerque, c'était plus une peinture de carnaval qu'autre chose.

— Alors ? Le fils prodigue est de retour ?

J'ai articulé un tout petit "oui". Puis, quelque chose m'a frappé. Son maquillage effaçait ses traits naturels comme si elle cherchait à être quelqu'un d'autre. Objectif, pousser maman à sortir de ses gonds et se donner le prétexte idéal à la fuite ou au combat frontal. La petite jupe en cuir noir et des cuissardes cossues n'avaient pas d'autre objectif non plus. Ce qui m'a estomaqué, c'est, dans son regard, cette envie d'en finir avec maman dans un duel sans paroles, il lui fallait des hématomes.

Qu'elle ne porte jamais de soutien-gorge, que l'on devine un string chaque fois qu'elle se penchait, mes frères et moi, on ne s'y était jamais faits, on savait juste que c'était maman qui alimentait malgré elle la combustion – va t'habiller, torchon ! Quand c'était pas "torchon", c'était "chiffon" avec l'accent qui va bien. Impuissants, on avait appris à la boucler sous peine d'être agonis d'injures par l'une ou par l'autre. La dizaine d'années qui nous séparaient de Soraya en avait fait une étrangère, comme née d'un autre bouillon que celui dans lequel nous avions mariné, elle était notre sœur parce qu'on nous répétait qu'elle l'était.

L'exaspération datait, Soraya allait sur ses quinze ans quand, devant ses cuisses nues, maman l'avait lacérée d'un assassin "sale pute".

Ce jour-là, ma sœur avait porté ses mains à sa bouche, les aurait presque avalées pour ne pas hurler, avait retenu ses larmes, ses jambes aussi, pour les empêcher d'aller vers le balcon. Elle n'a jamais compris que ses aînés, témoins, ne prennent pas sa défense, elle ne comprenait pas non plus que nous étions infusés à l'ancienne. Bien sûr qu'on avait été choqués par la cruauté du propos, mais toujours les pratiques fossiles nous anesthésiaient.

Soraya portait une cocotte-minute encore fumante, d'où l'ouragan, la vitesse des gestes. Je l'ai suivie jusqu'à la cuisine, un peu pour la débarrasser, un peu aussi pour l'embrasser, résultat de mon zèle, des bises mécaniques comme si on s'était vus la veille. À son passage, maman a tourné la tête, redoutant d'être embrassée, et s'est enroulée dans son châle comme si avec ma sœur un froid polaire venait de s'engouffrer dans la pièce.

Soraya s'est mise à transvaser le bouillon de sa marmite dans une autre.

— Fait chier cette vaisselle qu'est jamais faite ! qu'elle a marmonné comme une façon d'insulter ma mère de biais. J'ai dit :

— Le bordel c'est moi, j'ai fait des pois cassés.

Un râle a fusé au loin…

— Pourquoi tu viens à cette heure-ci ? C'est trop tard pour manger !

Ma sœur s'est contentée d'inspirer une grosse quantité d'oxygène.

— Regarde.

Elle a sorti son portable, son doigt a fait défiler les messages que maman lui avait laissés. Quarante appels en moins d'une semaine, j'ai pas eu besoin qu'elle m'en dise plus, juste j'ai noté qu'à la place de "maman" elle avait écrit "connasse". Chez Soraya aussi, c'était la traque, tous ces appels, une meute à ses trousses qui essoufflait son cœur, ça m'a laissé muet. Ça s'épiait du coin de l'œil entre ma mère et sa fille, jeu d'échec et mat obligé. Soraya a forcé un sourire comme on arrache une vieille racine.

— On est venu téter maman ?

"Téter maman", c'était l'expression d'antan, un temps où chacun avait cherché à être le préféré, après quoi nous nous en sommes remis à la fameuse péninsule qu'on croyait ibérique.

— C'est le grand retour ? *¿Qué te ha pasado por la cabeza?*

— *No sé, puede ser que estoy loco.*

— *Te lo digo, la vieja no ha cambiado, te vas a llorar grave.*

— Oui, je sais.

— Tu vas voir qu'elle va trouver la soupe trop salée, ou trop froide, la connasse.

Une voix de rouille a geint.

— Qu'est-ce que vous ruminez là-bas ?

L'un dans l'autre, je ne savais plus pour qui j'avais le plus de peine. De la peine, je savais que j'en avais aussi pour moi, parce qu'arrive un âge où on rêve de trêve, de frères et sœurs, de vrais parents qui, bien qu'âgés, nous traiteraient encore en enfants, nous époussetant un peu de poussière sur un revers de manche. Arrive un âge où on réclame des prolongations pour rattraper le retard, un rab pour le goût trop vite passé de sucre et de margarine. Si nous n'avions pas été aimés, un temps si court soit-il, il n'y aurait pas ces regrets, nous nous serions endurcis comme les autres de la cité et je ne serais pas là à exiger d'une mère une caresse ou qu'elle me traite "d'égal à égal". Pas aimés, aurions-nous fait allégeance à la terreur ? Pas aimés, on se serait laissé pousser une barbichette afin d'être haï, c'est ça : être haï pour se sentir exister, être haï, plaisir de pauvre.

Malheur à nous, ce temps d'une mère débordante de salive et de lait avait bel et bien existé, un temps de voix suave qui jurait que nous lui étions plus chers que sa vie, plus tendres que l'aile d'un poulet, plus beaux qu'un tapis de La Mecque. Comment se défaire du souvenir du temps où nous fûmes cela et comment se consoler de ce que, plus jamais, même de loin, la plus subtile odeur de beurre ne vienne caresser nos narines. Maman nous a aimés chacun cinq ans, après quoi, ce fut l'école, la chute.

Oui, il y avait eu un temps de miel avec un essaim à portée de main.

Ma sœur dans la cuisine, ma mère dans le salon, je restais en équilibre sur le fil d'une frontière de plus en plus ténue, à me demander quel temps m'était imparti avant qu'il ne casse. J'oubliais que maman attendait l'occasion d'une vengeance qui rembourserait le prix des sacrifices, le prix des lombaires et des cervicales ratatinées. J'oubliais que maman attendait ça, l'impair, pour lancer son attaque, se sentir vivre, parce que l'adversité provoque cette sensation.

— T'en veux une assiette ? m'a demandé Soraya.

— T'es folle, elle est capable de croire qu'on a fait la paix.

— Ouais, t'as raison.

En attendant, la voix de tombe a encore rouspété…

— Qu'est-ce que vous dites dans mon dos ?

— Mais rien ! Et d'abord, pourquoi tu gueules ?

— Parce qu'elle vient jamais à l'heure, elle me dit midi, elle arrive à deux heures, elle me dit deux heures, elle arrive à quatre heures, exprès pour que je perde la tête !

D'un geste brusque, maman s'est levée, s'est dirigée vers les toilettes sans s'appuyer sur le mur, laissant Soraya stupéfaite et la mâchoire entre les mains.

— Elle vient de marcher ou je rêve ?

— Elle remarche un petit peu, c'est le déambulateur, ça l'aide.

— J'sais pas pourquoi, ça me fout les boules, tu veux pas la laisser crouler tranquillement ? Ça sert à quoi, tout ça ? Ça sert à quoi qu'elle aille mieux ? Tu peux me le dire ?

Maman est revenue, alerte et sans gémir à chaque appui, a regardé sa fille avec des yeux qui allaient de haut en bas – vous allez voir ce que vous allez voir. La frangine, elle, parlait bas, ce qui provoquait chez ma mère des montées d'adrénaline invraisemblables.

— Qu'est-ce que vous dites encore ?

L'une braillait, l'autre chuchotait, plus maman montait en volume, plus ma sœur baissait d'un ton, c'était un élastique tiré jusqu'à son paroxysme.

— Va la rejoindre, elle va nous faire un arrêt cardiaque, a autorisé la frangine avant de disparaître.

Me suis exécuté.

— M'man, mais qu'est-ce qu'elle t'a fait ?

— Je lui ai dit cent fois de prendre la pilule ! Mais non, elle voulait des enfants ! On veut toujours des enfants ! Plus y en a et mieux on se cache.

Ce jour-là, à la maison, les impairs se sont enchaînés, et les gaffes, comme à la foire. Boris a ouvert le feu – ah non pas l'écran vert ! Il ne se doutait pas qu'en plus des matchs de la Ligue, s'enchaînaient à la télé des matchs de Coupe et différents tours éliminatoires d'un tas de Coupes d'Europe. S'il aimait jouer au foot, il détestait le regarder. En guise de réponse, je me suis installé sur le canapé et j'ai senti l'adversaire sur le ring désireux d'en découdre à tout prix et peu lui importait que les arcades s'ouvrent ou que l'œil soit poché.

— Moi aussi j'ai une mère, tu crois quoi ? Que je l'aime pas ? Elle aussi, elle vit seule. Je passe pas tous les soirs pour la border.

C'est là que j'ai compris qu'il attendait son tour, qu'il s'impatientait, fallait que j'en finisse avec cette mère qui le condamnait à la relégation, au banc de touche, et il a fini par poser la question qui fâche.

— Qu'est-ce que je t'ai fait ?

— Tu m'aides pas à me trouver ! Tu le comprends, ça, ou je te le reformule ? Tu m'aides pas à me trouver !

Et c'est comme si son corps partait en volutes, montait vers le plafond avant de se dissoudre.

— Comprends pas.

— Je veux cuisiner seul, Boris ! Être seul, vivre seul ! Mes gosses et toi, vous me faites chier !

Et là, dans la chambre d'à côté, une musique rap a d'un coup considérablement baissé de volume.

— Et merde.

Me suis tiré les cheveux, les ai ramenés en arrière, me suis levé, Boris m'a suivi :

— Ah non ! Tu me fais pas le coup de la cafetière !

— Comment ?

— Chaque fois que tu veux esquiver, tu files te faire un café.

Je n'avais pas remarqué ce réflexe de fuite. Cette fois, la destination, c'était pas la cafetière mais la chambre d'Eden, où j'étais interdit de séjour depuis ses quatorze ans, mais là, fallait que j'y aille, tout plutôt que le énième quiproquo. J'ai toqué. Il a entrouvert avec une malice dans les yeux que j'ai préférée à de la haine.

— Excuse-moi, c'est pas ce que je voulais dire.

— Y a pas de lézard, p'pa…

J'ai juste eu le temps d'apercevoir, au mur, un poster du onze de l'Algérie qui m'a privé de salive.

Le "pas de lézard", bien sûr, n'était qu'effort de m'être agréable ; forcément qu'il a dû avoir envie de faire sa valise sur-le-champ et qu'il s'est senti blessé. Il a pris sur lui comme s'il avait anticipé ce pénible moment. Le ton de sa voix l'attestait.

— … pour le match de ce soir, on a commandé des pizzas, on t'a pris une quatre fromages.

— Ah… merci.

— Et un Saint-Nicolas ! il a précisé, avec cet air qui prend le dessus en douceur.

— Un Saint-Nicolas, carrément !

À vingt et une heures, tout s'annonçait sous les meilleurs auspices, le PSG l'avait emporté contre le Barça 4 à 1 au match aller, le match retour se présentait comme une simple formalité. Pour me ménager, Elias s'est tenu à distance d'Antoine et, cette fois, le doute n'était plus permis. J'ai regretté cette prudence à mon encontre, cette confiance griffée, j'étais inconsolable. Eden trépignait. Si je devenais parisien lors des épopées européennes, eux restaient marseillais comme on choisit d'être David plutôt que Goliath, comme on choisit le tiers-monde plutôt que la capitale du luxe.

— Paris ! Paris, on t'encule !

Eden en rajoutait en rimes, son hobby préféré.

— Paris, Paris, on t'émascule, d'Issy-les-Moulineaux à Tulle !

J'étais mis en appétit. Dès les premières minutes, l'inspiration m'est venue.

— Barça mon cul ! On va les renvoyer chez eux et déclarer la Catalogne espagnole, on va les atomiser ! Les minorités aux Baléares ! Les autonomistes à Melilla, les indépendantistes en Kabylie !

Bon sang, ils riaient et c'était tout ce qui comptait, j'aurais expédié ma mère aux Kerguelen pour des éclats supplémentaires, ça me manquait qu'ils m'aiment sans pudeur, j'avais vaincu ce handicap originel, et je remerciais le ciel que le foot existe parce que c'était le spectacle qui pouvait réunir les pires ennemis autour d'une même cause. Sauf qu'il y eut ce renversement, et ce fut la *remontada*, inimaginable, improbable. J'ai détesté mes gosses, Boris et le PSG. Vive Sophie Davant qui chaque jour offre une victoire à ceux qui n'en ont jamais.

On ne s'est pas embrassés sur les joues, c'était le signe d'un rapprochement. Bizarrement le trouble était plein de promesses, d'envies de lui dire – allez, viens, on rentre. Je n'attendais pas d'elle qu'elle fasse le premier pas, garder l'ascendant lui importait et c'était un juste retour de choses, tout le courage lui revenait à elle et pas à moi. Moi, je n'avais pas bougé, m'étais contenté de m'absenter et, non seulement j'avais gardé l'appartement familial, mais j'avais aussi déserté le théâtre des opérations. Ce jour-là, je me souviens, je ressemblais à tous les médiocres qui croient s'en tirer avec le partage équitable des biens, le compte de ce qui n'est pas chiffrable n'y était pas, d'autant qu'elle ne m'avait ni accusé, ni dégradé auprès des enfants, avait même dit – c'est moi qui pars, c'est moi qui veux changer d'air.

Forcément, toutes ces rencontres avec Leïla, je les abordais le front bas, et elle venait à moi l'ongle acéré.

— Boris est toujours à la maison ?

— Oui, le temps que…

— … qu'il aille mieux ou que je revienne.

Ça m'a revigoré, cette franchise du temps où nous étions ensemble, alors j'ai osé :

— Tu veux savoir si je te préfère à lui ?

— Tiens, le second degré refait surface, on dirait. Quand il s'agit d'Elias, t'es plus rase-mottes.

— Putain, qu'est-ce que t'es méchante ! Je me lâche, je m'ouvre comme un pont-levis et t'en profites pour introduire une armée de barbares, c'est dégueulasse.

— Pardon… je t'ai blessé ?

— Oui, j'suis blessé, j'y peux rien… J'aurais aimé que ça me ravisse, mais c'est pas le cas… Tu m'aurais cru, si je t'avais dit : c'est génial, Elias est homo !

— Non.

— T'as vu, t'as même pas pris le temps de réfléchir et pan ! le coup de hache.

— Oui, parce que t'exagères, t'en fais des tonnes pour t'acheter de l'empathie à bon compte.

— M'acheter de l'empathie moi ? Peut-être.

La douceur, la régularité, la persistance du lien provoquent entre deux êtres une filiation inattendue.

Ainsi, depuis un bon mois, maman avait noué une relation étrangement intime avec Guillaume, son nouvel infirmier. Il passait tous les jours à dix-sept heures, cela vous force à l'effort d'être agréable, surtout si l'individu zèle au-delà de la tâche qui lui est impartie. Dès le début, ce fut l'étonnement : maman se donnait à un étranger sans retenue, ou plutôt avait effacé l'homme pour le soignant. J'avais remarqué cette douceur dans les gestes de Guillaume, il la manipulait comme personne, d'abord comme si c'était de la porcelaine et puis, par palier, enfonçait davantage ses doigts le long des bras, le long des cuisses, dans le gras, la pressait par endroits comme une serpillière, à d'autres jouait avec sa paume plus en glissade, même lorsqu'il ne la massait pas, il gardait une féminité dans le geste que maman prenait pour de la délicatesse et ce n'était pas, chez lui, un jeu, il était ça, la délicatesse même. Elle soupirait, j'étais gêné – elle jouit, ma parole, maman jouit, je vais devenir maboul, moi. Pour l'inciter à aller plus loin, dans les zones plus intimes, elle ôtait son bonnet, relevait une manche ou se débarrassait d'un foulard.

— C'est quoi ça ? C'est pas des cheveux, Taos, c'est un tas d'herbe.

— Pas pour longtemps, mon fils, pas pour longtemps.

Et je m'entendais lui dire – arrête, n'en fais pas des tonnes, c'est ridicule. En regardant Guillaume, j'ai pensé – et si lui aussi en était un ? Jusque dans sa façon de parler, c'était velouté, chargé de chair, et maman voulait qu'il parle encore. Elle disait – lui, je le comprends quand il me parle.

Ce bonhomme maigre et noueux incarnait ça, une force utilisée à bon escient, son visage sans aspérité séduisait maman et sa voix cherchait à être comprise, imperturbablement. Le plus surprenant, c'était cette langue qui leur était désormais commune, une langue composée de termes médicaux et d'incompréhensibles noms propres de médicaments qu'elle écorchait savamment. Son ravissement, c'était le pilulier que l'infirmier remplissait et actualisait une fois par semaine. Elle ne savait pas lire, maman, mais grâce à cette boîte à étages, elle reconnaissait les pilules et leurs heures d'absorption, une victoire, enfin. Après, il y avait ce regard humide de maman à l'égard de Guillaume, un regard comme une assiette entre mes doigts, brûlante et tout. J'ai pensé – c'est l'autre femme qui vit en elle, je vais m'en occuper fissa.

— Guillaume ! disait-elle en désignant une boîte, celui-là il me fait mal.

— C'est la Metformine, oui, c'est amer, buvez un peu de coca juste après.

J'avais, moi, le don d'être jaloux, lui, celui d'amadouer les haut-le-cœur, de donner à l'amer une chance d'être dégluti – des petites tranches d'ananas ou un petit biscuit, un peu avant et un peu après, ça passera mieux.

Guillaume la vouvoyait, elle le tutoyait, il ne pouvait en être autrement. Là aussi, elle découvrait au bout de tant d'années un échantillon de l'égalité tant attendue, le respect de ses carences.

Longtemps, elle avait lutté pour intégrer la règle du tutoiement, n'arrivait pas à capter la différence entre le "tu" condescendant et l'amical, se perdait dans le "vous" adressé à plusieurs personnes et celui de la bienséance, jusqu'à ce qu'elle abandonne tout à fait la bouillabaisse grammaticale. Et il a fallu que, maladroitement, je m'en mêle.

— Maman ! lui dis pas "tu" à Guillaume, dis-lui "vous".

Réponse imparable.

— Pourquoi, ils étaient combien ?

Puis, encore plus troublant, cette façon de retenir Guillaume ou de s'assurer de sa prochaine visite.

— Sortir le gendarme ! disait-elle.

Pour "l'agenda", elle disait "le gendarme".

— Oui chef, bien chef.

Je m'attendais à n'importe quelle charge qui l'aurait soulagée et dont je me serais acquitté avec calme et puis ce fut un mot magique, perdu dans ma mémoire, qui lui est venu :

— *Ammi* (mon fils), Guillaume ne peut pas venir aujourd'hui.

Me suis levé comme le remplaçant qui attend désespérément que l'entraîneur lui fasse signe – échauffe-toi.

Il lui restait donc cette tendresse-là, moelleuse et réparatrice, et il me restait cette envie de toucher sa vieille carcasse. "Toucher", le verbe m'escagassait à cause de son impudeur et de la saleté, aussi, qu'il évoquait. Mais "*ammi*", ce mot prononcé en kabyle, on aurait dit qu'il me rendait à une enfance trop vite envolée, je voulais le réentendre pour me sentir appartenir à ma mère, mais comment le lui dire, après ce que nous avions traversé ces derniers temps, comment lui dire – prononce-moi encore ce mot, appelle-moi encore ton fils en kabyle, que je retrouve la jeune femme pour qui j'étais tout !

J'étais réparé pour l'après-midi, redevenu sa chair pendant quelques minutes. Toutes sortes de choses bienveillantes ensuite me sont venues :

— Maman, tu veux un café ?

— Non, mon fils, tu sais bien… Je veux que tu "appuies".

— Hein ?

J'ai compris que ce rendez-vous-là, je ne devais pas le rater.

Me suis assis à ses côtés et, délicatement, j'ai soulevé sa jambe, l'ai déshabillée jusqu'en haut de la cuisse et posée sur mon genou. Me suis humecté la paume des mains de crème et, en appuyant avec le pouce, j'ai imité Guillaume. Je suis allé à la recherche du reptile qui lui suçait l'os, voilà, et j'ai trouvé qu'il était tellement plus essentiel de masser les cuisses de sa mère que de hurler dans un meeting de convaincus – Palestine vaincra ! Me suis même permis de remonter haut, et elle s'est mise à gémir de plaisir. On aurait dit que je lui faisais descendre des rivières vertigineuses, que je la hissais vers des sommets non moins abrupts, l'emportais vers les cascades de son enfance qui lui recommandaient déjà de se noyer. Un moment, mes doigts m'ont réclamé une pause, mais je ne voulais pas, j'ai serré les dents pour prolonger le voyage au fin fond de son supplice. Ensuite, elle a eu soif, je lui ai servi un verre d'eau et, là encore, c'était comme si elle découvrait le plaisir de la soif, celui de la déglutition et du goût, elle a même dit "merci" et a roté comme le pire animal. J'ai cherché ce que nous pouvions encore partager, un hobby commun, l'aveu d'un amour de jeunesse, un beau gitan de ce camp qui l'avait accueillie les premiers jours de son arrivée en France, elle n'avait pas vingt ans. J'avais le vague souvenir d'une confidence, oui, elle avait dit "beau", et me souviens aussi m'être fermé comme une huître. Ou, à propos de mon père, entendre : “oui, cet imbécile qui n’aimait que mes mains dans la farine !” et, surprise ! c’est bien autre chose qui lui est sorti de la bouche et m’a laissé le cul par terre :

— Un pantalon, il me faut un pantalon pour mon genou !

— Qu’est-ce que tu racontes ? T’as jamais mis de pantalon !

— Oui, j’avais pas mal au genou, maintenant j’ai mal, j’ai froid.

— T’es sérieuse ?

— Pourquoi tu m’emmerdes, je veux un pantalon.

— C’est pas possible, tu peux pas porter un pantalon !

— Et pourquoi je peux pas porter un pantalon ? Tout le monde en porte, sors de ta grotte !

— Comment ?

— J’ai dit, sors de ta grotte ! Mais qu’est-ce que tu attends de moi ? Un biberon ?

C’est là que j’ai compris que c’est moi qui lui faisais faire machine arrière, que c’étaient les refus qui provoquaient douleurs et ressentiments.

Guillaume était revenu, il était devenu son fils, et j'ai rejoint le banc des remplaçants. J'ai trouvé maman la tête posée sur son épaule, lui, délicatement, enroulait le tensiomètre autour de son bras.

— Ben voilà la bonne idée, un pantalon, je lui ai dit dix fois ! Pourquoi on n'y a pas pensé plus tôt ?

Il venait de dire "on" pour s'inclure dans la faute mais je savais bien que le pronom, le bon c'était "vous".

— Parce qu'elle n'en a jamais porté, j'ai dit, laconique.

— Et alors ? Faut bien une première fois.

Le reste de sa pensée, je l'ai deviné – il est complètement con cet argument.

Je suis retourné à ma cafetière pour étouffer ma bêtise. Depuis la cuisine, j'ai tricoté des nerfs en barres de métal. Ça m'a décontenancé qu'elle puisse donner à un autre ce qu'elle nous refusait à nous, ses vrais enfants.

J'étais parfaitement jaloux, mais c'était aussi comme un soulagement d'avoir un sixième frère, plutôt une douzième épaule qui ne savait certes pas ce qui l'attendait à plus ou moins long terme mais qui était pourvue d'une patience de Tibétain.

Comment l'avertir, Guillaume, qu'au moindre impair il serait *bucco militari* sorti du rang et déshonoré en place publique ?

— Bon ! La reine mère va bien.

Le diagnostic a immédiatement courroucé maman qui a tourné la tête vers le mur, la peur toujours qu'on s'intéresse moins à elle.

— Mais t'inquiète donc pas, tu resteras notre malade tout le temps qu'il te faudra.

— Mais oui, a fait Guillaume, et je crois comprendre qu'on a de la marge.

Puis, il s'est passé quelque chose d'insolite. Le temps pour maman de supplier qu'on ne l'abandonne plus, une voix métallique a lancé l'appel à la prière. Guillaume s'est tourné vers la petite mosquée réveil et m'a souri. Maman, tout à coup déboussolée, a suffoqué et agité ses bras comme si le plafond lui tombait sur la figure, elle a rougi d'un coup, de honte, un peu comme si elle avait commis un délit, quelque chose que la morale réprouvait, comme si croire en Allah, à ce moment précis, c'était mal, je n'en demandais pas tant. Et la plainte durait – *Allah o Akbar !* Si elle avait pu, elle se serait jetée sur l'objet et l'aurait bazardé par la fenêtre – et vu la façon dont elle m'a regardé, je veux dire, vu son désarroi, branle-bas de combat ! C'est moi qui ai fondu sur la mosquée en toc et j'ai eu beau l'étouffer en la recouvrant avec le premier torchon qui m'est tombé sous la main, la secouer dans tous les sens, rien n'y a fait, le muezzin électronique n'en finissait pas de pousser ses agonies monocordes et, vite, je l'ai fourré sous le matelas de sa chambre. Quand je suis revenu, maman se bouchait les oreilles. C'était que du bonheur, qu'elle préfère à cet instant Guillaume au muezzin numérique, l'infirmier à l'imam, cette modernité, c'était un avant-goût d'elle à venir. À la fin, je crois qu'elle s'est maudite de s'être ainsi piégée toute seule et je crois aussi qu'elle a eu envie de demander pardon pour le dérangement, et peut-être pour l'inquiétude qu'elle venait de susciter, envie, presque, d'avouer qu'elle ne croyait pas tant en Dieu que ça, qu'il fallait pas croire ce que dit la télé, qu'il existait des musulmans alcoolos, des cupides, des lecteurs de *Charlie*, des obsédés du derrière et enfin que les chrétiens n'étaient pas à bannir, que finalement ils auraient pu rester en Algérie, que jamais on ne les remercierait assez d'ainsi nous accueillir, nous soigner, tout ça, tout ça, tout ça…

Ce qui l'a rassurée c'est quand Guillaume, tout dans sa finesse, a dit :

— C'était l'heure du goûter, c'est ça ?

— C'est "la bosse" qu'on va voir ? m'a demandé maman en kabyle. *(Taaghrout ar anzeur ?)*

J'ai hoché un menton un peu perplexe, maman n'était pas en reste.

— Que Dieu lui en place deux dans le dos.

Cette fois, j'étais d'accord avec elle, deux bosses dans le dos, c'est tout ce qu'il méritait. On comptait bien, maman et moi, lui faire porter toute la responsabilité possible. Pour une fois, nous nous tenions les coudes, comme dans une mêlée, nous allions pousser, bras et jambes entremêlés, d'un seul bloc. Il allait la sentir, cette fois, la percée du pack identitaire. Sans se concerter, je nous soupçonnais d'avoir le même gros mot à la bouche mais chacun dans sa langue, manouche et kabyle, les deux alphabets de la galère.

Oui, cette fois, pas question de se laisser border par des commentaires ironiques. En entrant dans son cabinet, on a boudé de concert, et il ne lui a pas fallu plus de deux secondes pour deviner une humeur de jungle. Il s'est pincé le milieu de la lèvre inférieure et s'est mis à lire les derniers bilans sanguins. On s'est accrochés à sa bouche, décidés à lui mordre maman la langue et moi les couilles. Je n'avais pas l'intention de lui laisser le temps de tout analyser, me suis décidé à l'interpeller sèchement :

— Fred ! Ça suffit les infiltrations, ça fait six mois, rien n'y fait.

— Oui, je sais bien mais c'est son âge…

— Opérons-la, merde ! Elle est prête, elle prend le risque, prends le tien ! On te signe tout ce que tu voudras.

Maman a acquiescé :

— Oui, *hé ! so meunchar, so chakor bla aîseuineun.* (Tout ! même la scie, même la hache et sans anesthésie.)

— Oui, oui, j'ai compris, elle est prête à tout.

Maman a opiné, en a remis une louche avec cet air de pleureuse professionnelle qui existe chez nous, elle a arrondi son dos pour lui donner une tournure de suppliante.

— S'il ti pli doctor !

Et l'armure s'est fendue. Laboche a semblé se débattre avec ses propres émotions, je l'ai vu déglutir un bon litre de salive et se gratter un peu la joue. Il s'est saisi de son téléphone à fil, et maman et moi nous sommes regardés, complices d'une première manche gagnée. Tout ouïe, on a suivi une obscure conversation.

— Oui, Philippe, tu as une minute ?

Et voici ce qui a suivi : blabla, une ostéoporose fracturaire post-ménopausique… blablabla, une fracture sous-chondrale du plateau tibial interne gauche, s'ajoute à cette pathologie une acutisation de ses lombalgies chroniques mécaniques sans facteur déclenchant, avec irradiation radiculaire mi-cuisse… Ben, du paracétamol, j'ai prescrit le Zaldiar… Oui, oui, elle a fait la totale et les infiltrations n'ont aucun effet… D'accord, d'accord, OK, merci cher confrère.

Me suis demandé comment pouvait se traduire cette conversation en kabyle.

Il s'est accoudé presque solennel :

— Bon…

A réfléchi un moment en survolant les comptes rendus d'IRM et de scanner, s'est encore frotté la bordure du nez d'un ongle manucuré.

— J'ai un confrère rhumatologue qui veut bien tenter quelque chose.

— Une "pérrration" ? a fait maman.

"Sbitar" pour dire "hôpital", j'ai pouffé. Peut-être étais-je assez détendu pour penser – c'est marrant, les immigrés suppriment toujours la première syllabe d'un mot quand il commence par une voyelle : la "chelle" disait-elle pour "échelle", le "corrdéon" pour "l'accordéon" ou plus souvent la "sperge" pour l'asperge et le "'diot" pour Laboche.

J'ai posé une main sur sa cuisse pour la faire taire.

— Oui, enfin, il va vous examiner d'abord.

Je me suis senti mieux à l'idée d'une amélioration de l'état de maman, à moins qu'il s'agisse de son droit de mourir dignement, et c'était presque un soulagement, cette euthanasie détournée.

— Allô ! Oui maman… ne gueule pas… mets ton oreillette, bon sang !

— Oui mon fils, tu sais que je peux te faire un couscous.

— Qu'est-ce que tu dis ?

— Je peux te faire un couscous !

— Un couscous ?

— Secssou secssou !

C'était limpide : ce couscous ressemblait plus à un adieu qu'à un remerciement.

— Je peux encore faire un couscous avec du beurre rance si tu veux, et sans carde !

C'était comme la dernière offrande, elle redoutait l'opération à laquelle elle tenait plus que tout. Quant au couscous, à tout bien réfléchir, je n'en voulais plus, il s'était affadi au fil des années, ce n'était plus le couscous d'une mère pour ses enfants mais celui d'une tenancière pour des clients… et puis je n'allais pas lui dire que ma graine à moi était bien plus fluide.

— Quoi ? Un couscous ? Non, non, je veux pas que tu te fatigues.

— Fatiguée ? Mais je le suis tout le temps, alors un peu plus, un peu moins. Je peux te faire un couscous !

Évidemment j'ai soupçonné un je-ne-sais-quoi de machiavélique – elle veut me corrompre, la garce ! Non ! faut pas que je cède, elle va me la faire payer, sa graine, au centuple !

— Le couscous, plus tard, maman. Quand tu iras mieux.

Je me voyais déjà singer la gourmandise, car la vilaine m'épierait, bien sûr. Il y avait cette phrase dans la cité, "le couscous de ma mère" ! Elle me sortait par les trous de nez. Je l'avais trop entendue, à tous les âges de ma vie – le couscous de ma mère, le couscous de ma mère ! Tous les connards des cités s'en gargarisaient. Moi, quand je me suis fâché avec ma mère, j'ai détesté tous les couscous du monde, sûr ! Et j'ai dû devenir cuisinier pour ça, pour ne plus attendre la becquée mais me servir moi-même, comme Cyrano à propos des qualificatifs désobligeants – "je me les sers moi-même avec assez de verve mais je ne permets pas qu'un autre me les serve".

Je ne m'étais pas méfié, et quand j'ai appuyé sur la touche haut-parleur, c'est une voix qui s'affaiblissait au fil des mots qui a surgi, la voix d'une invraisemblable comédienne – une vie allait s'éteindre, là, dans l'heure qui suivait :

— Mon fils, je compte sur toi, je ne veux pas qu'on m'enterre ici, si tu es la chair de ma chair, si je suis encore ta mère, jure-moi, jure-moi, jure que tu ne m'enterreras pas ici. Et si je m'en sors... jure-moi que tu m'emmèneras faire mon pèlerinage à La Mecque.

— Mais oui, je jure.

Eden n'a pas supporté ma désinvolture. Depuis un bon quart d'heure, tout le charabia berbère, il en avait saisi la portée funeste. Ses yeux ont fixé le portable puis sont revenus à moi, le portable à nouveau, et encore moi.

— Qu'est-ce que tu fais ? Tu ris ? Ça te fait rire ?

Il se demandait comment on pouvait en arriver à de telles extrémités, l'agonie au bout du fil, et à l'autre bout, une ironie connasse. Il a eu une longue hésitation, comme une lutte contre lui-même, il semblait découvrir qu'il avait une grand-mère qui avait un imbécile de fils dont il était le fils…

— C'est ta mère, p'pa, à quoi tu joues ?

— Je joue pas, c'est elle qui joue, voyons !

Pendant ce temps, maman continuait de s'épancher et a fini par lâcher :

— Je vais mourir, je le sais, je sortirai pas vivante de cette opération…

Dérouté par deux interlocuteurs cousant deux inextricables quiproquos, d'un battement de mains j'ai fait signe à Eden d'aller voir ailleurs si j'y étais. Il n'a pas bougé, l'affront était net, le regard dur, c'était décidé, il allait cette fois crever l'abcès, me parler sans les précautions sémantiques qui nous avaient plus éloignés qu'autre chose ces derniers temps.

— Mais t'es *qui* ?

— Écoute, ma mère, on en parle plus tard, tchao.

Je m'en suis voulu d'avoir ri sans précaution, même si j'étais convaincu d'une belle partition d'actrice. Eden ne savait pas que j'étais rompu au chantage affectif, que maman était la plus subtile Sicilienne qui soit et qu'on savait de moins en moins ce qui relevait chez elle du désespoir ou de la comédie.

— C'est minable ! Comment tu fais ?

— C'est du chantage, elle joue, voyons, tombe pas dans son piège.

— C'est toi le piège !

Il a tourné les talons, la mine plus noire encore, sans s'interdire un dernier mot :

— Blaireau.

De dos, c'était terrible, le mot me noyait dans la masse imbécile, l'accusation était vaste, condamnait tout ce qui me ressemblait ou était lié à moi de près ou de loin, espèce d'étendue conne et sans cœur. Je n'aurais pas cru ça d'un fils qui n'avait été qu'aimé, pas cru me voir un jour passer pour un imbécile borné, tout l'édifice du papa modèle s'écroulait et je regrettais tous mes efforts de bonne humeur, regrettais d'avoir masqué mes descentes aux enfers, fait croire qu'un papa ne peut qu'être heureux d'être papa.

Pour tenter de recoller ce qui pouvait l'être avec Eden, derrière la porte de sa chambre, j'ai chuchoté :

— Si tu veux, on peut aller voir ta grand-mère.

En ouvrant, il m'a grondé :

— Parce que j'ai une grand-mère ? Pour que j'aie une grand-mère, faudrait que t'aies une mère.

Et la porte a claqué sous mon nez.

Je venais de ranger le fauteuil roulant au fond de la malle, maman s'était faite belle avec du noir autour des yeux et je ne savais quoi penser de ce pantalon de toile à gros carreaux noirs et gris qu'elle venait d'acquérir, quoi penser de ce charbon trop appuyé sur les paupières, et mon père ? Vivant, elle n'aurait pas songé à protéger ses genoux de la sorte, j'ai pensé à ses complices, à l'armée du conseil départemental avec qui elle filait le grand amour, et puis il y avait ces pompes à trois bandes, extravagantes, qui lui donnaient un côté néo-baba-orientalo-vintage, et je me suis dit – elle ressemble à ma cuisine.

Avant de s'engouffrer, elle a ausculté la voiture et tout de suite, la gifle :

— Pourquoi tu roules dans ce cercueil ? T'as pas d'argent ?

C'est vrai qu'elle avait de l'allure, maman, et que ma voiture affadissait le tableau, j'ai regretté le Porsche Cayenne promis par mon grand frère. C'est qu'elle voulait qu'on ait l'air jusqu'au bout. Pas folle, elle s'est brusquement rappelé l'effort que nous devions faire l'un envers l'autre, qu'elle jouait gros à retourner des fourchettes déjà plantées dans les chairs, elle s'est tue. J'ai roulé lentement, soucieux des secousses et des bosses qui, sur le parcours, pouvaient lui réveiller de vilaines douleurs au dos. Je craignais aussi d'agaçants hurlements et des accusations de lui vouloir du mal. Bien sûr, même sur le bitume le plus lisse, elle trouvait l'occasion de hoqueter. En roulant, me suis souvenu de ma clé USB pleine de chansons kabyles que je n'écoutais plus – Slimane Azem, elle aime bien Slimane Azem, Oukil Amar aussi, avec sa voix haut perchée. Je ne sais plus le nombre de fois où j'ai appuyé sur la touche "avance" pour enfin entendre une chanson connue de tous les Kabyles : *Chemin difir* (Chemin de fer) et chaque fois que je me penchais sur l'autoradio pour passer au titre suivant, chaque fois la voiture partait légèrement sur le côté, ça l'a définitivement fermée. Enfin ont déboulé les premiers roulements de derboukas, premières nappes d'accordéon, elle n'a pas bougé une phalange, la boudeuse, et même, a voulu que je baisse le volume, et encore plus.

Elle est restée caillou tout au long de la chanson, pas fait l'effort de feindre une émotion ou de susurrer quelques notes d'une chanson qui parlait de l'exil ! Pas *ça* de nostalgie pour l'Algérie ! Comme si, quarante années durant, elle s'était vidée de son passé. J'ai laissé défiler les titres, juste, me suis dit – si elle clapse là, parole, je file droit au funérarium et j'y colle une croix sur la poitrine. Je l'imaginais se réveiller au paradis, une croix autour du cou et se justifier – c'est pas moi ! c'est pas moi ! c'est mon connard de fils ! Vous savez, le cadet qui cuisine et qu'est revenu téter sa vieille mère.

En vérité, elle était toute concentrée sur son rendez-vous et la musique l'empêchait de réfléchir à sa mort prochaine. Peut-être voulait-elle aussi répéter sa rencontre avec le chirurgien telle une actrice avant l'audition, trouver des mots forts – le reste, il le mangerait en kabyle. Ses lèvres bougeaient, je voyais bien qu'elle cherchait des mots en français. Agacée de ne pas les retrouver, elle m'a demandé :

— Comment ça se dit quand on perd connaissance ?

— J'en sais rien.

Les mots ne venaient pas, ils revenaient de moins en moins, mais pas pour des histoires de mémoire, les mots la fuyaient parce qu'elle ne voulait plus de leur langue. Ces mots en français fuyaient sa colère, désespérés d'être utilisés à mauvais escient devant l'institutrice, le prof, l'épicière, le médecin, aucun d'eux ne trouvait grâce aux yeux de ces derniers puisqu'elle n'avait pas fait l'effort d'un passé simple ou d'un imparfait.

C'est en kabyle qu'elle m'a finalement supplié :

— Éteins-moi ça ou mets-moi Makrout, je veux savoir pour ma retraite.

— Macron, maman, Macron ! Pas Makrout !

On s'est tus pendant tout le reste du trajet, ça nous a fait comme une pause avant la reprise des hostilités mais, à peine arrivés au parking, elle s'est remise à tailler des costards aux Maghrébines alentour, les Maghrébines parce que la comparaison était jouable :

— Regarde celle-là, qu'est-ce qu'elle attend pour mourir ?

Elle aurait préféré être la seule – les Arabes, à plusieurs, c'est un camp de gitans, qu'elle a grogné. Bien sûr, ça m'a encore piqué le cœur, ce racisme de pauvre, mais en même temps, j'étais rassuré que personne n'y échappe, même sa pomme recevait sa volée de bois vert – qu'est-ce que je suis ? une bête, pourquoi on m'a pas égorgée avant ? J'ai trouvé ça vivifiant, qu'elle envoie comme aux plus beaux jours de son règne, j'étais rassuré qu'il lui reste cette énergie de fauve encore capable de la ranimer. Vas-y, m'man, cogne !

Derrière la vitre, la jeune dame qui remplissait le formulaire d'accueil et qui s'apparentait à une cousine a tenté une approche sympathique en martyrisant son kabyle :

— Moi aussi je suis de Béjaïa.

Aussitôt, la maternelle a tenté le ping-pong.

— Ah oui ? *Anitssi ljihah ?* (Mais de quel coin ?)

— Heu, pardon, je ne connais que quelques mots.

Là, maman a donné un coup de menton du pire dédain et quand on s'est trouvés assez éloignés :

— Ouais, tu es comme mes enfants, tu as chié ta langue à la première diarrhée.

Pour la titiller, je l'ai calée aux côtés d'une autre Sarrasine qui portait les mêmes lunettes qu'elle, grosse armature et carreaux épais intégralement remboursés par la Sécu. Pas le temps pour maman de se désolidariser d'une jumelle à lunettes que la dame lui a proposé d'aller prier dans une salle voisine :

— C'est l'heure, ma sœur, si tu veux, prions ensemble.

— Non merci, j'ai plus rien à me faire pardonner.

Histoire de la piétiner tout à fait, elle s'est levée et a fait mine de lire un tableau, comme si elle savait.

*

Derrière son bureau, le professeur Philippe Boksman, chaussé de larges lunettes rondes, se rapprochait plus d'un personnage de manga que d'un spécialiste de l'arthrose. Maman et moi étions d'accord, lui aussi était laid puisqu'il portait des lunettes rondes et, comme en surplomb, une houppette qui masquait mal la rareté du poil. Pendant qu'on le pulvérisait à la scie sauteuse, il a entamé de sa voix grave l'explication de l'opération à venir.

— Ça consiste en un curetage de l'arthrose du bas de son dos, la douleur vient de là et va jusqu'au genou. Il promenait son stylo sur une radiographie des lombaires. C'est une espèce de sciatique en fait… Elle va subir une large ouverture…

— C'est cette tête de hibou qui va m'opérer ? m'a glissé maman en kabyle. Et puis, en arabe cette fois : Oh nom de Dieu miséricordieux, paix et louanges à Allah et à son prophète ! Comment c'est possible d'être si laid et intelligent ?

Le professeur Boksman a redressé sa tête d'oiseau déplumé et a demandé gentiment :

— Qu'est-ce qu'elle dit ?

— Elle demande si elle a des chances de s'en sortir.

Il s'est exclamé :

— Vous croyez que je prendrais un risque pareil ? Mais oui, bien sûr, tout va bien se passer !

— Quelle bouche du diable ! a marmonné maman en kabyle

— Comment ?

— Non, elle dit que si elle meurt vous irez en enfer…

— Mais on y est en enfer, on y est ! *Bismillah rahmane rahim !* a réitéré maman, en arabe cette fois.

Il s'est levé, lui a fait signe de le suivre derrière le paravent à moitié déplié. Pour ne pas l'incommoder, je suis resté légèrement de dos, je n'aimais pas la voir dénudée et encore moins qu'on la palpe, fût-ce un praticien de haut rang. Juste, je tournais un peu la tête au cas où. Et là, je n'en revenais pas : elle se laissait encore manipuler sans aucune résistance et presque sans honte, on aurait dit une autre, on aurait dit qu'elle s'était glissée dans la peau d'une dévergondée. Quelque chose de cette impudeur m'échappait encore. Ça ressemblait à un échange de bons procédés : tu poses tes mains où tu veux mais tu me guéris. Elle faisait presque du zèle, anticipait les sollicitations, ôtait son soutien-gorge sans y être invitée, Boksman devait presque réfréner son empressement. Elle obéissait au doigt et à l'œil comme si elle avait affaire à un proxénète en blouse blanche avec qui elle aurait dealé une coquetterie. L'homme manipulait à sa guise, sans s'étonner qu'une musulmane ait cette attitude avenante. Pour se dédouaner, elle a dit, comme une pute aurait dit "je veux jouir" :

— Je veux mes jambes !

Et l'homme ne promettait rien.

Une fois de plus, elle est sortie colère comme si le "client" n'avait pas été à la hauteur.

— Allez, rendez-vous le 12 pour l'opération.

Maman. C'était inouï ce renoncement qui lui collait à l'os bien qu'elle continue d'espérer qu'elle remarcherait un jour, qu'elle se tiendrait droite, prendrait le bus, irait voir quelques rares amies portant d'une main de pleins paniers de beignets fumants et, de l'autre, des baffes à distribuer. Elle alternait espoir de rémission et de délivrance divine, réclamait autant le ciel que la prolongation de son séjour sur terre. Tout en désespérant de tout, elle s'imaginait pouvoir à nouveau danser, retourner la semoule, passer la serpillière, grimper sur un tabouret pour nettoyer ses vitres, reprendre les cours d'alphabétisation, maîtresse et boniche à la fois, l'intersection lui allait.

*

Au service gériatrie, une odeur de javel, de détergent et de merde empestait tout le couloir, j'étais colère, c'était insoutenable tous ces vieux en pyjamas rayés tirant des charrettes à perfusion, on les encourageait à marcher sur un ton de fausse gentillesse, tout était faux dans les mots et je ne voulais pas ça pour maman, je voulais un personnel compétent et sachant parler kabyle. D'autres chenus sentaient l'Axe pour hommes et l'alcool à quatre-vingt-dix degrés, rien que des sales mélanges, je rasais les murs pour respirer la peinture.

Tout de suite m'est monté le sentiment de l'infamie, on était dans l'espace discount du CHU, je ne m'étais pas douté que ça puisse exister et maman se retrouvait encore une fois renvoyée à l'égout de ses origines. J'ai regretté de ne pas avoir eu l'idée du privé. Maudit réflexe de pauvre, instinct de bête radine que de s'illusionner sur le service public, de chercher la solution la plus économe, toujours, de ne jamais penser plus cher.

Et on sait, dans les quartiers, on sait qu'il suffit de remplir un formulaire au service des inscriptions et qu'à vos nom, prénom, vous vous dénoncez vous-même, indiquant le service qui va vous maltraiter. Putain ! Même âgée et même à l'article de la mort, la mouise serrait de près.

Dans les chambres aux portes grandes ouvertes, des ombres squelettiques reluquaient les plafonds ou vous fixaient droit dans les yeux comme si vous étiez un membre inespéré de la famille, tout ça en attendant que le personnel ait une minute à lui. J'ai tourné le dos pour ne pas m'émouvoir à bon compte et j'ai pressé le pas, vaguement rassuré qu'il y ait aussi des Français très pauvres.

*

Le professeur Boksman est venu nous apaiser tous les cinq :

— Tout s'est bien passé, elle a bien supporté le choc de l'opération.

Avec mes frères et sœurs, on s'est assis dans une sordide salle d'attente aux affiches un peu dépassées rappelant les gestes barrières. Les sièges inconfortables étaient reliés entre eux, de sorte que le dernier assis secouait les autres en manquant de s'écrouler lui-même. Avoir honte à plusieurs vous rétrécit substantiellement. C'était comme si l'hôpital décourageait toute envie de planter ses guêtres, ça ressemblait à cette France terrorisée de nous voir débarquer en parasol. Manquait plus que l'affiche qui précise "la salle d'attente, tu l'aimes ou tu la quittes". Ça dénigrait le prolo jusqu'au sein des services publics. Au loin, une infirmière s'est levée pour sermonner un "cousin" d'à peine vingt ans qui, casque aux oreilles, se berçait d'un rap assourdissant. Des Blancs ont donné raison à l'infirmière ; qu'un des leurs leur fasse honte, les autres ont réduit de volume ; il s'est exécuté en retenant la patate qu'il aurait aimé faire partir. Avec mes frères et sœurs, on ne s'adressait la parole que pour des banalités. C'était bizarre, cette impression d'indifférence au sort de maman, comme si on n'avait pas craint une issue fatale, comme si on attendait la mort sans la vouloir vraiment, une mort dont on serait innocents, ça va de soi. Dans cette salle d'attente, on se serait cru dans un commissariat aux frontières. On n'aurait pas dit une famille mais, tellement les orbites étaient creusées, les suspects d'un crime tout fraîchement commis, un crime sans objet contondant ni cadavre, enrobé de circonstances atténuantes ; le crime de ceux qui sont à bout, l'abandon des personnes qui n'ont plus rien à vous apporter de comptable.

Une famille maghrébine est venue s'installer juste en face et, pareil, les sièges ont grincé et ça nous a gênés qu'ils parlent fort, qu'ils parlent en arabe. On s'est regardés sans empathie, dans un racisme réciproque, chaque clan pensant que l'autre était de trop. On jugeait qu'on était trop d'Arabes dans un si petit périmètre, on se soupçonnait du "cent pour cent" et, comme nos vieux étaient retraités, de gratter des droits à l'assurance maladie et à la complémentaire santé solidaire, la totale. Putain ! Partout marqué "solidaire", comme si on était des lépreux, on se reprochait les avantages sociaux réservés aux familles nombreuses, si au moins une famille bien française pouvait se mêler à nous, ça rendrait digeste le tableau des profiteurs.

L'air de rien, une culpabilité tranquille avait pris ses quartiers sur nos visages. Kamel tapotait sur son portable, un peu pour ne pas avoir à nous adresser la parole, un peu pour oublier son nom de famille, il semblait espérer un coup de fil, histoire de bénéficier d'un prétexte assez convaincant pour nous échapper. L'aîné grimaçait son endémique mal au dos, sa main gauche soutenait l'aine et l'autre massait un genou. Il était comme dans une bulle, ne se préoccupait pas du regard de l'autre, broyé par sa propre douleur, il n'essayait pas de l'amenuiser pour nous ménager d'une première mort, ni de cacher ce ventre rond qui n'était pas celui de l'appétit. Ouardia et Soraya se parlaient à l'oreille, abordaient des sujets qui n'intéressaient qu'elles, des histoires de progéniture qui pourrissait la vie. À un moment, la grande a dit :

— Il a pas l'intention de rester à Toulouse, c'est quoi Toulouse ? Un village !

— Il a raison, il faut partir, voir loin…

— Bon après, je te dis pas, il parle de se marier, un mariage, même pas je te dis la somme !

— Non mais c'est bien aussi de se caser.

Soraya ne contestait rien, adhérait à tout, juste pour abréger la conversation, la preuve : elle pensait le plus grand mal du mariage, de la maternité, des enfants et des mères qui prolongent leur séjour sur terre pour pourrir la vie de ceux qui leur survivent.

De mon côté, j'ai souri à l'idée qu'Elias vienne un jour me parler du sien, de mariage, avec Antoine. J'entendais déjà mon grand frère – une éducation de pédé ça fait des pédés ! Ma grande sœur dans une compassion de plexi aurait évoqué mon ex – Leïla, la pauvre !

Je voyais tout, le perron de l'église, les deux mariés et tous mes ancêtres jetant des pierres pour lapider les deux pervers.

Puis, à tâtons, sur des œufs, j'ai dit…

— Si maman va mieux, je crois qu'elle voudra faire le pèlerinage à La Mecque.

Ça les a tétanisés, que je ne fasse rien pour réguler le sang qui leur est monté à la tête, au contraire.

— Je crois que ça lui ferait du bien…

— La Mecque ? Ma grande sœur, interloquée. *La Mecque ?!* C'est quoi ce truc ? C'est pour nous faire chier ?

Les rebeus d'en face se sont congelés – des mécréants ! et sont allés s'asseoir plus loin. Avec mon air de basset des Alpes, j'ai enjoint Ouardia à plus de discrétion, ce qu'elle m'a volontiers accordé :

— Qu'est-ce qui lui prend, ça vient d'où cette idée ?

— J'sais pas.

— C'est l'âge, a dit le grand, ils le sentent, quand c'est le moment.

— Le moment de quoi ? a retourné Kamel, d'être sage ? De penser aux autres ? De répandre le bien, c'est ça ?

— Non, de faire la belle ! a conclu Soraya. Qu'est-ce que vous croyez, le pèlerinage, la plupart le font pour s'accrocher une médaille à la poitrine, dire à Dieu : "t'as vu ?"

Smaïl s'est fermé, toutes ces phrases contre la religion, c'est pas qu'il était pas contre mais ça l'indisposait, il lui fallait quelqu'un qui croie sans avoir à croire lui-même, et qui mieux qu'une mère pouvait incarner cet ange-là.

La déprime a succédé à la colère, un sentiment de défaite, car nous rêvions tellement de la première Kabyle communiste et musulmane du monde, putain de mélange, ça aurait eu de la gueule ! C'était il y a longtemps, à nous cinq on incarnait toutes sortes de gauches réunies, un programme commun berbéro-léniniste, minoritaire et universel, et on ne s'imaginait pas l'absurdité d'un tel postulat.

— C'est quoi cette arnaque ? C'est pour nous dépouiller ?

En me tournant vers Ouardia, j'ai dit :

— Tu sais, La Mecque, c'est un peu Lourdes : t'y vas pour les raisons que tu veux, pas besoin d'être frappé par des hallucinations.

— En même temps, a continué mon cadet, c'est toi qui lui as fourni la box.

— Je lui ai fourni la box parce qu'elle voulait des chaînes berbères, pas le Qatar ! Et je signale que personne n'était contre.

Smaïl a repris la parole, un peu pour la prendre, un peu pour affirmer la primauté de son âge :

— La Mecque et alors ? Elle est musulmane non ?

— Ben non ! a contre-attaqué Kamel.

— Qu'est-ce tu dis ?

— Je dis que c'est toi qui dis qu'elle est musulmane, on peut prier sans l'être.

— Toi, t'es dingo, je dis plus rien.

Kamel a mesuré l'excès de son propos, s'est même un peu affaissé. Plus personne ne se regardait, les paroles rebondissaient dans la pièce au hasard des aspérités. Fidèle à ma promesse de la grande réconciliation, j'ai tenté d'arrondir des angles en fer forgé.

— Faut pas s'en faire un monde, d'autres en sont revenus, de La Mecque, z'étaient pas plus croyants pour autant, regardez tonton Mohand et tatie Mounia, y se faisaient appeler *hadj* et ça suffisait à leur bonheur, c'est comme une particule d'aristo.

— Parle pour toi, a grogné Soraya.

— OK, a enchaîné Kamel au milieu de plein de phrases pas finies, mais faut pas lui céder trop rapidement. Essayons au moins de la convaincre qu'on peut aller au paradis sans pèlerinage, le Coran le stipule, pour ceux qui ont un handicap ou qui sont trop malades…

— Tu disais qu'elle était pas malade !

— Pas dans ce sens-là.

On en est restés là, plombés par la mauvaise foi, sidérés qu'une telle idée ait pu se nicher dans ce cerveau qui, dix ans plus tôt, pensait le plus grand mal des pèlerins revenant blanchis de saletés accomplies pendant toute une vie.

Les heures ont défilé sans qu'on ait pu voir maman et j'ai réalisé :

— Merde ! Mon rencard aux Assedic !

Le temps d'enfiler ma veste et j'ai fondu dans l'escalier, laissant la fratrie m'agonir comme de juste – c'est lui qui nous réunit et c'est lui qui calte en premier.

*

Le lendemain, tôt, j'étais déjà dans sa chambre d'hôpital, éternel concurrent déloyal à la douleur. Mon réflexe a vite été de tituber le moins possible, ma cheville me rappelant au demi-siècle frappé. Quant à Taos, lui sortait de la bouche des sourates morbides, genre de prières pour les morts, puis toujours ce râle que je lui connaissais et quelques autres mots qui m'envoyaient griller chez Satan ou qui demandaient à Dieu d'abréger ses souffrances – emmène-moi, suppliait-elle.

— Qu'est-ce qu'il y a, maman ?

— J'ai mal, j'ai mal.

C'était comme la plainte de trop, la goutte qui dévaste la plaine, la fin de mes efforts.

— Prends sur toi, un peu ! Tu sors d'une opération, c'est normal !

Après les flammes, des fauves échappés de sa gorge ont surgi.

— C'est ta faute ! C'est ta faute ! Sors, laisse-moi !

Et, mystère de l'âme humaine, parfois un peu de témérité s'immisce en vous. Je me suis approché comme on se penche sur un croco, ça n'a pas loupé, son bras m'a chassé telle la faux du paysan. Dans un geste de protection, j'ai projeté une poche pleine de clémentines que je lui avais apportées et qui ont roulé dans tous les coins. J'ai gardé mon calme. De son côté, la douleur était si insupportable qu'elle n'a rien trouvé d'autre que de m'accuser d'avoir fomenté un complot avec le neurologue :

— Vous m'aurez pas ! Je survivrai !

J'ai maugréé :

— Faudrait savoir.

À défaut de cafetière, me suis collé à la fenêtre. J'ai vu des enfants jouer aux cow-boys, le bras en coin comme s'ils tenaient des mitraillettes, ils se tiraient dessus à bout portant et je me suis imaginé sortant un flingue, le magnum de Clint Eastwood de préférence, lui ouvrir la bouche, à maman, et tirer, *pan !*, voir sa cervelle en étoile sur le mur. Fin du calvaire. Je souriais de ma trouvaille quand j'ai entendu frapper à la porte.

— Entrez !

Est apparu Eden, suivi d'Elias, aussitôt terrorisés par le tableau d'un corps tordu et secoué de spasmes. D'abord, ç'a été toutes sortes de moues interrogatives, et ma grimace ne convoquait pas au *youpla boum* – vous la vouliez, la voilà. Ils ont posé un bouquet de fleurs sur la table à roulettes et c'est Eden qui, bien sûr, s'est aventuré le premier :

— Bonjour, *jeddah.*

Une tête blanche striée de plis d'oreiller qu'on aurait dit un panini posé sur le gril s'est décollée lentement.

— Qui m'appelle *jeddah* ?

— C'est moi, Eden… *Ameuh teulit ?* (Comment vas-tu ?)

— Tu parles kabyle ?

Effrayé par la question, il a aussitôt retiré ses billes.

— Non ! Pas du tout.

— Mais si, tu parles kabyle.

— Non !

— Approche-toi, tu sais que c'est moi qui ai choisi ton prénom ?

Et là, il s'est produit comme une métamorphose car, en guise de petits-enfants, ce sont deux mastodontes qui lui sont apparus. En un éclair, elle venait de se changer en une vraie boule d'amour. Elle a pris Eden par la main, s'est assise et s'est mise à caresser sa joue, lentement, tendrement, exagérément. C'était moi, sans tout ce qui la dégoûtait de moi.

— Ma parole, tu es un homme, mon fils, mais est-ce que tu sais que c'est moi qui t'ai donné ton prénom ?

Évidemment, les yeux d'Eden ont appelé à l'aide, il m'a regardé, oscillant entre l'effroi d'avoir à amorcer une conversation et comme une fierté, car il la tenait enfin, l'appartenance tant rêvée, le mot "fils" qui le reliait à l'histoire. Et c'est vrai que maman m'avait bien proposé – et non imposé – le prénom d'Eden ; à l'époque, je cherchais une identité passerelle, pour tout dire un prénom qui n'ait pas de connotation arabe, sans en être dépourvu… j'avais même trouvé ça inespéré.

— Et toi, qui es-tu ? a-t-elle gémi en se tournant vers Elias.

— Moi c'est Elias, l'aîné.

— Ayash ? C'est quoi ça ? C'est pas beau.

— *Elias !*

— Alyash ?

Qu'elle ait massacré son prénom n'a pas empêché les mômes d'étouffer un rire placard, si large qu'il a laissé s'échapper chez maman comme un presque sourire, déjà une connivence.

— C'est pas ta faute, j'aurais dû choisir ton prénom, à toi aussi, viens par là.

Elle a saisi son bras et l'a embrassé deux fois à l'extérieur et deux autres à l'intérieur du poignet.

— T'es tout le portrait de ton grand-père, toi, je vais t'appeler Hachmi.

Elle venait de sauter une génération, exprès, et j'ai pensé : la chienne, elle jappe encore. Le reste, plein de phrases en français qui m'ont donné envie de la gifler – tu vois quand tu veux, tu le parles, le gaulois.

Et que ce fut atroce, quelques minutes plus tard, dans le couloir, de retenir des rires qui ne demandaient qu'à exploser et d'entendre Eden répéter :

— Ayash ! Ayash ! et d'inventer au débotté une langue gréco-berbère : Ayash, ché moi, ji souis l'Algérien, j'couche dehors avec mon prénom qui ressemble à rien.

Un peu plus tôt, Elias exposait des yeux frits et s'était tourné vers son frère, lire dans ses pensées était chose facile – c'est quoi ce prénom de merde

“Hachmi”, vite ! sortez-moi de là, je suis converti à mon insu ! *Jeddah !* Appelle-moi Capucin, si tu veux, mais pas Ayash ! Je veux bien du mélange mais pas être suisso-kurde comme le daron !

Après quoi, il avait bien fallu que je passe au hachoir.

— Votre père, il est pas gentil, il m’a abandonnée, n’est-ce pas qu’il est pas gentil ?

Eden a profité de l’opportunité qui lui était offerte.

— Oh non il est pas gentil, il nous cache tout, il nous dit rien.

— Toujours il s’échappe.

— Oui c’est vrai, ça ! Toujours il s’échappe.

— Comme s’il avait pas de mère.

— Oui c’est vrai, on dirait qu’il a pas de mère !

J’ai hoché la tête, presque heureux qu’on me remette à ma place, qu’on me reconstitue au plus juste. La sensation n’était pas désagréable. J’étais bien quand j’ai remarqué ces mimiques d’Elias et d’Eden, même si j’ai mis un certain temps à les déchiffrer. Leur mère était là, restée dans le couloir, tétanisée par la rencontre, trop coupable sans doute d’une si longue absence. C’était l’occasion inespérée pour des retrouvailles, fallait qu’elle entre, qu’elle voie maman en ce jour et pas un autre. D’une voix ferme, j’ai pas hésité :

— Leïla, viens.

C’était un ordre, presque une impasse comme il en est de rassurantes, parce qu’on en voit le bout. Elle est entrée à pas lents, vulnérable, timide et belle.

Maman s’est écriée :

— Ma fille ! Je savais que j’avais trois filles, tu le sais ?

Elle le savait parce que maman l'avait connue gamine, l'avait même repérée parce que c'était la plus belle du quartier et là-dessus j'étais d'accord avec elle.

*

Après avoir déposé Leïla, me suis senti de régaler mon monde, de le frictionner par la bouche.

— Qui a faim ?

— Oh oui, dad, ça c'est une idée ! s'est écrié Elias.

— Moi, je mangerais même l'innommable, poil à la table, a rimé l'Eden.

Deux paires d'yeux ont cligné comme à Noël. Ils adoraient la version poivrons frits et frites, banco pour les poivrons, et leurs mirettes n'ont pas quitté mes doigts, ils n'ont plus quitté ma bouche non plus qui égrenait les ingrédients sur l'air de Catherine Deneuve quand elle dévoile la recette du cake d'amour – alors les *buns*, les *buns* je les ai, du sel, du poivre, du sel du poivre j'ai, cent grammes de ketchup, huit feuilles de batavia j'ai ! Deux tomates, du paprika fumé, du cumin bien sûr, du gingembre et trois gousses d'ail. Je taillais, plissais, émincais, mes doigts dansaient en une marche plutôt turque, virevoltaient sans tutus, c'était l'opéra miniature, la valse des couverts, ça salivait au coin des lèvres, on entendait les bouches pétiller en applaudissements sourds et pulpeux. Mes gestes étaient suivis comme les canetons suivent les traces de leurs pères, me suis senti comme une envie de retenir l'itinéraire qui mène à moi et c'était pas celui d'un chef mais celui d'un artiste à la chorégraphie impeccable.

On s'est attablés sans réflexe de télécommande, la télé ne s'est pas allumée et Jul est resté dans ses tuyaux numériques. Ce silence, c'était presque du courage parce que le courage, c'est le silence. On s'est sentis débarrassés de nos gênes, juste j'ai regretté qu'Elias ne profite pas de tant de place pour me parler d'Antoine, c'eût été l'occasion pour moi de lui dire – pardonne à ton père, ce névrosé sympathique, il t'aime et t'aimera tel que tu es. J'ai, à défaut, entendu d'autres paroles dans ma tête, pas plus désagréables – papa reste avec nous, reste ce que t'as toujours été, déconneur et à cheval sur les règles grammaticales, nous on t'aime comme sur un terrain de foot, barbare, colère et libre, t'entends ? Ne deviens pas ce que tu n'es pas. La soirée s'est achevée comme un fruit rouge sur une virgule de chantilly.

— Bon, p'pa, on sort boire un coup.

Ça, c'était Elias.

— Papa ? Je l'ai kiffée, *jeddah* – ça, c'était du cadet pur jus.

Je l'ai cru puisque je lui rendais le membre qui lui manquait.

Tard dans la soirée, Boris est rentré. Comme le sommeil ne venait pas, me suis mis en tête d'aller fouiner sur la toile en quête d'un bras de ferme à rénover, peut-être une abbaye, espèce de chef-d'œuvre en péril, j'avais même trouvé celle près d'Albi dont m'avait parlé Boris, il avait eu du nez, la bâtisse avait du caractère, une fragrance bucolique, le toit bas et la tuile à l'ancienne, tuiles "canal" qu'on les appelle. On s'est pas salués, sans rien dire, il s'est mis à débarrasser, c'est ce qu'on fait quand on cherche à occuper ses bras, quand on veut retenir des oursins qu'on a dans la bouche.

— T'as cuisiné lourd ce soir.

— Les enfants étaient affamés.

— Et tu fais les "burgers banlieues" sans moi.

— Tu voulais quoi, que je t'attende ? Je te dis que les enfants avaient faim.

— Oui, enfin, quand c'est pas eux, c'est ta mère.

— Occupe-toi donc de la tienne.

C'est vrai que c'était un deal entre nous, on ne cuisine qu'ensemble, ce mot "ensemble" qui avait perdu toute sa chair, rongé jusqu'à l'os.

— T'as ajouté de la crème fraîche ?

— Oui, petite fantaisie, pour adoucir.

— N'importe quoi, on a passé dix ans à tout épicer pour plaire aux plus jeunes.

— Je me fous de plaire aux plus jeunes, on n'est pas dans le truck… c'est mes gosses. Alors, oui, je cuisine seul, je peux ?

Furieux, il a rangé son MacBook, décroché sa veste, ramassé ses affaires en bousculant des chaises sur son passage et claqué la porte si fort qu'elle s'est rouverte. J'ai soufflé d'avoir presque dit ce qui me pesait sur le cœur, avoir un lieu à moi tout seul, seul ! Depuis la chambre, je l'ai entendu échanger sur le palier des phrases pas finies – marre ! chier ! il se prend pour qui, votre père ? Au rez-de-chaussée, il hurlait encore – c'est qu'un putain d'égoïste ! ça lui va pas d'être vieux, ça lui va pas d'être seul, ça lui va pas d'être fils ! il ferait mieux d'aller se chercher un Ehpad, il est sûr de pas recevoir de visites !

Eden, Antoine et Elias venaient de rentrer, j'ai entendu "ouah ! la zone !", et puis Antoine dire : "va falloir qu'on prenne le large… y a saturation sur la place". Ils ont remis un peu d'ordre, en silence. Ensuite, une phrase a pincé mon cœur et j'ai deviné son auteur : "faut qu'il rentre chez lui tonton casse-couilles", signée Eden. Phrase qui n'a pas échappé à Boris, qui venait de réapparaître.

— Il est où l'orphelin ?

Je suis sorti précipitamment, prêt à remettre quelques points sur les *i*, genre – ta mère a des choses à te dire, mais il a juste tendu la main :

— Tes clés.

Eden a plaqué ses mains sur sa bouche, Boris l'a mitraillé avec des balles en guise d'yeux.

— Je garde le truck quelques semaines, on va quand même pas bazarder les stocks.

Une aide-soignante m'avait averti – arrêtez ! tout passe à la poubelle ! Et à chaque visite, d'un coup d'œil, je reconnaissais les restes de mes tagines aux pruneaux, de mon caviar d'aubergine, de mes pois chiches à la harissa, de mes boulettes de *ghassban*, de mes choux-fleurs à la coriandre, tout l'arsenal du livre de recettes que je rêvais de publier. Non pas que maman trouvait tout ça indigeste ou dégueulasse, juste elle n'osait pas m'arrêter en si bon chemin, que je sois désormais à son chevet culinaire lui suffisait, elle se contentait de ne rien demander pour entretenir une culpabilité qui lui était bien utile. Je bénéficiais, en contrepartie, de tout l'effort qui lui était possible pour ne pas m'être désagréable. Le sublime fut atteint lors de ce coup de fil matinal :

— Oui maman.

— Mon fils ? Je vais mieux.

— Ah, j'suis content !

— J'ai faim.

— Comment ? Répète…

— J'ai faim !

"J'ai faim", avait-elle dit ! J'ai presque eu du mal à comprendre. De quelle faim parle-t-elle ? Et des images me revenaient, poubelles remplies de mets plus succulents les uns que les autres. De pleines assiettes de taboulé, d'aubergines et de fèves aux quatre épices, mes concombres à la fleur d'oranger, mes choux-fleurs rôtis au miel, mes semoules au lait de coco, j'ai pesté – le con de ta mère ! Et gambergé à nouveau. S'agit-il de son estomac ou de sa bile affamée d'injures ? Qu'est-ce qu'elle dit ? "J'ai faim ?" La phrase était trop positive, presque bienveillante, non ! ça c'est trop sympa, c'est pas maman ! Je n'en revenais pas d'autant de douceur dans les mots, dans la voix, aussi. Était-ce encore la technique du serpent qui roule des billes et finit par vous envoûter ? Je connaissais le stratagème, feindre l'allégeance pour vous engourdir, les mères d'Orient font ça pour maintenir une laisse devenue trop lâche. J'ai pensé : "salope", un peu "connasse", et puis… "voyons ?"

— Je t'apporte quelque chose de chaud ?

— Merci mon chéri.

— Ouais, c'est ça.

Je me suis décidé pour mon fameux tagine aux pruneaux et, comme une bonne nouvelle s'accompagne toujours d'un accroc, j'ai vu débarquer Eden et son grand frère, du linge plein les bras. Trop tard, ils étaient dans mon dos alors que je me trémoussais sur un Aya Nakamura – *t'es la plus bonne, la plus bonne de mes copines*. Je ne voulais pas qu'ils s'imaginent que je puisse être heureux de cuisiner pour ma mère.

— Ça craint, p'pa ! T'as giclé Brassens pour Nakamura ? On n'aime pas ça…

Le ton était malicieux, résiliant. Pourtant, vite ! me suis essuyé la figure et j'ai jeté deux, trois serviettes par-dessus les gamelles.

— Oh, une petite bonne humeur.

— Mais une grosse vaisselle…

— Hum, oui.

— Ça fait plaisir que tu sortes la quincaillerie !

— Et comment ! Bon, on fait que passer.

C'était une façon de me rassurer, de préciser, on ne va ni dormir ici, ni dépouiller le frigo, on sait que t'as besoin de te raccrocher à des branches, respect. N'empêche, tout cela ressemblait au plus grand flagrant délit du monde, le plus agréable aussi. J'ai appuyé sur le bouton "stop", me suis retourné ; deux paires d'yeux passaient mes casseroles au laser.

— C'est pour ma mère.

— T'as le droit, p'pa.

J'étais comme un enfant pris la main dans le sac et ça m'a plu qu'ils soient ces parents-là, à cause de leurs yeux chargés d'eau et de sel.

— Elle va mieux, j'suis content.

— Nous aussi, p'pa.

Mes grands hochaient la tête, cherchaient à réduire la gêne, à minimiser ce qui n'était plus une faute mais un geste inespéré, comme si je ne pouvais être tout à fait leur père sans être le fils d'une mère, quelle qu'elle soit.

— Pas de souci, p'pa.

— Ouais, pas de lézard.

Ils répétaient ce genre de choses : "t'inquiète", "no souci", presque ils me complimentaient d'ainsi assumer ma pénible filiation.

— J'ai presque fini… Ce soir, si vous voulez, on peut se faire des burgers sicilo-grecs. Si vous voulez…

— Non ! Plutôt les irlando-berbères !

— Les suisso-afghans, p'pa, y tuent… Heu, les suisso-kurdes, je veux dire.

— Non, les irlando-berbères, hein p'pa, tu te rappelles, tu disais que nous les Kabyles, on est un peu irlandais ?

— Moi, j'ai dit ça ?

Ce tagine-là, maman l'a déchiré sous mes yeux dans sa chambre d'hôpital. Elle n'a pas attendu qu'on la serve, ni demandé s'il était hallal. Qu'elle ne s'en préoccupe pas m'a foudroyé, je l'aimais anarcho-kabyle, maman, mais quand même un peu musulmane, juste un peu. Évidemment, j'ai voulu m'assurer qu'il ne finirait pas à la poubelle, j'ai pas eu longtemps à attendre : comme une hyène, elle a enfoncé ses crocs dans la carcasse et s'en est mis plein le coffre, j'ai eu un petit sentiment d'écœurement mais mon plaisir, c'était de la voir manger de la viande dans le désordre, genre de vengeance culinaire, taper dans ce qu'il y avait de plus tendre, car je n'avais le souvenir que d'incisives grattant des cartilages ou des os. C'était le plaisir de quelques minutes, alors à cause de l'émotion, me suis assis pour laisser vagabonder mon âme…

Qu'y puis-je si rien ne parvient à la soulager, si rien ne me la rend aimable et patiente. Qu'y puis-je si c'est trop tard, si je n'ai pas la mère que je rêvais de la voir devenir. Elle a perdu trop de batailles, il lui faut des victimes pour aller mieux, désormais, alors va pour le tableau de chasse. Comment lui en vouloir de ne pas avoir su, dans sa rude jeunesse, rendre les coups ? Soudain, j'ai entendu un rot gigantesque, crade, impudique mais je ne l'ai pas mal pris, elle évacuait des colères, sûr, c'est ce que je me suis efforcé de croire. Et j'ai passé un incontestable moment de plaisir, maman ne souffrait plus, n'évoquait pas de douleur particulière, juste elle bâfrait et nous n'avions pas besoin de commentaires. Je n'attendais pas non plus de félicitations particulières, la regarder m'a suffi.

Huit jours plus tard, je suis revenu, curieux, peureux, sur mes gardes. Quelle humeur allait me tomber sur le râble ? Elle prenait sa douche, seule, et je l'ai entendue chanter. C'était pas une vieille chanson de Slimane Azem mais d'Enrico Macias – *ah qu'elles sont jolies les filles de mon pays* – sa voix était douce et pleine et je me suis rappelé que maman, autrefois, chantait juste, et dansait merveilleusement en jouant du gras qui l'enrobait, me suis souvenu que lors des fêtes et mariages kabyles qui égrenaient la vie de la cité, c'était elle qui donnait le *la*. C'était un culot calibré dans l'espace des femmes, toujours de la mesure dans la fantaisie mais fantaisie, il y avait eu. Elle fredonnait donc, je suis resté un moment à me demander si je ne rêvais pas, si je ne m'étais pas trompé de chambre, si cette femme guillerette était bien ma mère.

— Maman, c'est toi ?

Elle ne m'a pas entendu. Une aide-soignante, tête couverte, enjouée, et qui pesait son demi-siècle de surcharge pondérale, est passée pour ses médicaments, une Ultra-Marine, vraisemblablement, qui m'a rappelé le curé d'une église ariégeoise.

— C'est l'heu' des médicaments, je vous les pose su' la table…

Elle esquivait les *r* et je me suis dit – quoi ? le grand remplacement ? même à l'hôpital ?

— Ah ? C'est vous le g'and chef ?

J'ai dit "oui" sans être sûr d'avoir compris.

— Oh là là ! Elle est fiè'e de vous, elle dit que vous la gâtez mais qu'elle n'aime pas le chocolat, ah ! ah !

— Oui, elle n'aime pas le chocolat.

Je voulais préciser… "elle n'aime rien de ce que je cuisine" mais, pas décidée à perdre son temps en bavardages inutiles, la présumée créole a disparu comme elle était venue.

Maman n'avait auparavant jamais évoqué mon métier, qui plus est en termes élogieux, et voilà que, de procureur, elle s'était faite avocate de son bon plaisir. Comment a-t-elle dit ? "Elle est fière de vous." À quoi jouait maman ? Peut-être un effet du vieillissement ? Des hormones bouleversées ? Un cycle bienveillant avant les prochaines embardées ?

Couverte d'un peignoir, une longue serviette enroulée autour de la tête, elle est apparue, souriante, incroyablement apaisée :

— Attends.

Elle a enfoncé un sonotone dans son oreille. Encore dans le cirage, j'ai failli ne pas remarquer qu'elle marchait presque sans difficulté, sans l'appui d'une canne, je ne voulais pas croire ce que je voyais et je n'ai pas osé, pas osé lui demander si elle allait bien, si elle allait mieux, elle était bien capable de me répondre – te fie pas à ce que tu vois, j'ai mal quand même. Un champ d'œufs s'étalait à perte de vue, que je devais traverser, chaussé de Caterpillar.

Maman marchait et rien de rationnel ne m'expliquait ce miracle.

Non, fallait pas montrer un signe de satisfaction sous peine de la voir s'effondrer, ne serait-ce que pour vous maintenir sur le qui-vive. Dans ma boîte crânienne, un haut-fourneau a repris du service. Faire cet effort de ne pas être satisfait relevait de la torture mentale. Bon sang ! Quoi lui dire, quels mots ? Vite ! Même le plus banal "ça va ?" m'a effrayé.

— J'ai envie de kiwis !

C'est ce qu'elle venait dire. "Envie" ? Ce mot, là encore, sortait de nulle part, n'avait même pas vu le jour dans le dico maternel. Chaque phrase qui n'était pas une plainte ou une sentence me collait contre la vitre. Et pourquoi pas un bord de mer ? Narbonne-Plage ? Et dans la main un Cornetto chocolat. Sûr, elle me parlait une langue étrangère, quelque dialecte orientalo-occitan ou kabylo-basque, je ne sais quoi d'incompréhensible.

Depuis son diabète, elle s'était astreinte au zéro sucre. Cela faisait bien dix ou quinze ans qu'elle s'y tenait, avec une discipline de bonze.

— Mais maman !

— Le docteur, il m'a dit oui, les kiwis vous pouvez ! Il a dit vous pouvez rentrer chez vous. Aussi.

Un peu après, je l'ai regardée se sécher les cheveux mèche par mèche, et même bougonner – ils sont trop longs. C'était encore du chinois, comment ça, les cheveux ? Chez nous c'est jamais trop long, merde ! J'en ai conclu qu'elle délirait sous les effets du traitement post-opératoire.

Sur son visage aussi, plus de tics, sa peau semblait reposée, s'était détendue, pas de grimace non plus quand elle levait les bras pour atteindre le haut de son crâne.

— Ces cheveux ! qu'elle s'est encore plainte.

Comme elle baissait les bras, son peignoir s'est un peu ouvert et a montré un joli sein en forme de pomme, à peine flétri, blanc comme un œuf. J'ai jeté mes yeux dans un puits et lâché la corde.

Les minutes ont filé, que d'efforts pour ne pas dire – tu vas mieux. Tout bien réfléchi, non ! j'y dirais pas non plus – t'es belle. Elle serait bien capable de me répondre – c'est pas ton cas. Je suis ressorti éreinté, vieux, orphelin de ma vraie mère. Et bourré de tics.

En guise de visa de sortie, on préconisa à maman un séjour dans un centre de récupération post-opératoire.

— Pas à la campagne ! avait-elle averti, je ne veux pas me retrouver au milieu des arbres et des oiseaux.

Elle se refusait à trop d'espace, elle voulait la foule, des témoins, une place à elle parmi les autres.

— Amène-moi un peu de musique, aussi.

Comment ? Elle a dit "musique" ? Cette fois encore, j'ai manqué d'air, failli m'évanouir. Enfer ! Dans les magasins de hi-fi, les vendeurs ont pouffé ! Les postes de radiocassettes et CD ne se fabriquaient plus, tout se concentrait sur un orifice minuscule dans lequel on glissait une clé USB. Maman n'avait jamais réussi à s'en servir sans l'aide d'une tierce personne.

Pour le reste, je m'étais bien débrouillé. Le centre en question, c'était pas le grand vert, plutôt la banlieue lointaine rattrapée par des lotissements lugubres aux villas jumelles et tout en façades boisées, colombages en toc, le tout parsemé d'arbres parfaitement droits et parfaitement alignés par la municipalité.

— Oui ça me plaît comme ça, c'est neuf.

Téléphone. C'était maman et immédiatement sa voix, une voix passée au miel et le miel au tamis :

— Qu'est-ce que tu fais ?

— Je...

Le verbe "cuisiner" comme un tesson de bouteille dans la jugulaire.

— Je...

— Tu fais à manger, je sais. Il faut que je t'apprenne à faire des choses simples, mon fils, tu vas te faire mal à la tête.

Et j'ai repensé aux petites lettres qui l'effaraient lorsque j'apprenais à écrire, là aussi elle pensait que mon cerveau allait exploser sous ses yeux, et cette peine m'a refait chaud au cœur.

— Je voulais te dire, je ne sais pas le faire marcher, ton poste radio.

— OK, j'arrive

— Maintenant ?

— Oui, tout de suite, sinon je vais oublier.

On m'a dirigé vers une véranda au toit translucide, espèces de plaques d'Onduline tuilées qui laissaient passer un peu de lumière. Maman était là, assise face à un vieux de chez nous. Elle posait des dominos que l'homme prenait soin de sélectionner pour elle. Elle posait ses plaques et, d'une voix d'enfant, l'autre disait – non, en lui ôtant la mauvaise plaque qu'il remplaçait par une autre. Au passage, leurs doigts s'entremêlaient. À chaque tour, il répétait inlassablement "non", avec la même gentillesse et chaque fois maman partait dans des barres de rires que je ne lui connaissais pas. Tout autour, portés par la bonne humeur, un tas de vieux et vieilles s'esclaffaient derechef. Je crois que j'ai dû rire, moi aussi, par ricochet, avec l'assistance en peau de rides et, pour prolonger ma petite récré, je suis resté un moment à observer de loin ce spectacle inattendu. "Non !" Rires. "Non !" Rires. Le bonhomme la félicitait presque, il préférait la voir rire et qu'elle se trompe, qu'elle ne sache pas compter importait peu, ce qui comptait c'était autre chose, que maman découvrait, la palpitation du cœur.

— C'est bien, il répétait, c'est bien.

À un moment, j'ai saisi une phrase en arabe.

— Tu vois, si tu savais jouer, eh bien on s'ennuierait comme deux singes dans leur cage.

J'ai hésité longtemps, le spectacle du bonheur de ma mère aurait pu durer des heures sans me lasser. Finalement, j'ai rebroussé chemin, j'ai laissé ma mère se refaire une humeur, qui ne tiendrait peut-être pas une éternité. Tant pis pour le poste, elle allait mieux, j'allais mieux.

Ma grande sœur était d'accord pour qu'on se retrouve à la clinique où maman était censée se reposer.

— Tu dis qu'elle rit ?

J'ai hésité parce qu'elle se décomposait au fur et à mesure de mon exposé.

— Oui, enfin, elle sourit.

— Elle fait chier.

J'avais apporté quelques kiwis, la frangine, une énorme tarte aux pommes enrichie de crème et de beurre.

En entrant dans sa chambre, ce qui nous a effarés, c'est d'abord la voix claire et haut perchée de maman, comme si elle s'était décidée à se faire comprendre.

— Ah ! mes enfants !

Et la terre a tremblé sous nos pieds. On s'est sentis bousculés, presque martyrisés. Elle a bien dit "mes enfants" ! Comment ? A-t-elle bien utilisé le pluriel, l'émouvante ignare ? Elle est bien en train de nous sourire ou on rêve en duo ?

— Non, non ! Elle sourit pour de vrai, je la connais bien, a murmuré Ouardia.

On s'est avancés comme on s'approche d'une grenade. D'être embrassés avec fougue, nous étions bons pour un séjour chez les fous.

Sur le lit d'à côté, une longue sirène plutôt jolie aux cheveux châtain foncé nous a sidérés, elle était étalée comme à la plage, une attelle plaquée sur le genou, elle nous a souri d'une bouche en amande et charnue, j'ai eu faim. C'était comme un Vermeer du Sud, genre de Joconde saupoudrée de sexe sur toute la surface de la peau et j'ai pensé – salope, couvre-toi, t'as une dame âgée à tes côtés qui s'apprête à faire son pèlerinage à La Mecque !

La longue brune ne se reposait pas, elle se lovait en lisant *Closer*, mon verdict était sans appel. Bien qu'elle ne semblât pas de la toute dernière fraîcheur, l'eau m'est venue à la bouche, à cause de ce genre de soutien-gorge choisi deux tailles plus bas pour rehausser deux mamelles d'un brun de tabac. Et surtout, coincé entre l'armature et le sein gauche, un banal paquet de Marlboro offensait ma morale d'aliéné repenti.

Le sourire de ma sœur, lui, a hésité entre les beignes à lui coller sur le nez et une admiration qui en disait long sur sa propre envie d'être aussi dévergondée, un tel culot par certains endroits l'a époustouflée, surtout quand la grande l'a interpellée vivement.

— Eh, mais c'est quoi ces cheveux… Viens, ma belle, que je regarde ça… Bouh ! Mais tu sais pas que les cheveux c'est *tout* !

Rien qu'avec les doigts, elle a redonné des formes à sa chevelure, l'a rafraîchie, presque rajeunie.

Quelques mots de politesse plus tard, j'ai senti chez ma sœur une envie de se jeter dans les bras de la folle pour lui dire "merci, merci d'oser et d'en mettre plein la gueule à maman".

Cette femme seule dans sa chambre, une seconde plus tôt, Ouardia l'aurait traitée de pute mais, aux côtés de ma mère, c'était autre chose, ça lui inspirait le courage, quelque chose qui lui avait manqué. Et elle s'est mise à la regarder différemment, et j'ai vu le dédain de la minute précédente laisser place à de l'admiration. C'était réjouissant pour elle, presque émouvant, ce suicide apparent et les questions se bousculaient. Cette femme de chez nous ne s'attend-elle pas à la visite d'hommes ? De ces moustaches du cru qui lapident au nom d'une fatwa importée d'Iran ? Ne craignait-elle pas d'être violentée ? Non, le violé c'était moi, le seul homme de la pièce, moi, l'encroûté de service qui réclamait pour sa mère tout l'apparat des temps anciens. Les questions, encore, taillaient le bout de gras. Cette sirène de Méditerranée avait-elle de la famille ? Des enfants ? Des parents ? Une Arabe quinqua, cheveux nus et cuisses ouvertes dans un centre conventionné ne peut qu'être abandonnée, un élément du puzzle me manquait.

Comme on fixait la créature, maman nous a présentés :

— Hafida, c'est ma copine, elle est coiffeuse.

M'a fallu déglutir quelque chose d'anguleux. Comment ça, "ma copine" ? D'où te sort ce mot qu'on réserve aux immatures, aux bons à rien ? Ne l'avais-tu pas mis à l'index ?

— Elle est algérienne, a-t-elle ajouté.

Surtout, maman la trouvait belle. Et la voir admirative, c'était le bouquet. D'où venait ce vertige sans gouffre ? Quel châtiment m'était réservé ? Était-ce

– j'ai plus besoin de vous, j'ai désormais une vraie amie ? Les scénarios dansaient sur un trapèze et nous jetaient dans le vide, sans filets. Voulait-elle avertir à la cantonade qu'il ne faut jamais attendre de ses enfants qu'ils vous portent, qu'ils sont le pire des mensonges, qu'ils guettent patiemment que vous deveniez la nounou gâteau de petits bâtards à venir ? Maman me l'avait dit lorsqu'Elias était venu au monde – je n'ai que des fils ! Sa descendance s'arrêtait là.

En d'autres circonstances, elle se serait retournée, aurait exigé qu'on la change de chambre, se serait jetée sur la "Noiseuse", l'aurait traitée de pute, lui aurait arraché les yeux, *ça*, c'était maman ! Et là, c'est moi qui étais renvoyé au versant des planètes que le soleil se refuse à éclairer, j'en tombais des nues d'être l'obscurité et maman, la lumière. C'est elle qui a coupé court à mon délire.

— Se kip de moi. (S'occupe de moi.)

— Hein ?

— Se kip de moi !

Et je remarquais même pas que, là aussi, la première syllabe sautait – "kip, kip, kip", toi-même !

Au fil de la conversation, tout est devenu limpide, la "longue" faisait plus que s'occuper de maman, elle lui coupait les ongles de pied, lui massait le dos, lui remplissait ses formulaires, et surtout, lui faisait la conversation. M'avait remplacé. Maman montrait ses ongles, sa peau, sa chemise de nuit – regardez !

Quelques jours plus tard, tout s'est éclairé. Ouardia n'allait pas rater ce rendez-vous. La "Noiseuse" n'était pas une pleurnicharde, c'était la recette magique pour plaire à maman. Elle lui avait parlé de son désastre conjugal sans chichi. Raconter l'horreur en riant vous attire les sympathies les plus étonnantes. Elle avait cette franchise palpable et spontanée, ce culot, je dirais, qui provoque l'adhésion ou le rejet. Le paquet de clopes coincé dans sa bretelle attestait d'un courage de femme. Ça pouvait donc exister, être algérienne et montrer ses cuisses sans arrière-pensée, ça m'a cuit. On aurait dit que maman n'attendait que ça, qu'on lui ouvre une dernière porte, comme si tout n'était pas fichu pour elle. Qu'on cesse de l'empêcher. Presque une façon de nous asseoir au banc des accusés. Accusés de n'avoir voulu d'elle que la mère.

Quant à moi, j'allais revoir Hafida, j'ai donc regardé la petite boule qui me servait de ventre – c'est pas Dieu possible, je mange rien depuis des mois, c'est quoi cette vase ? Me faut du large, bon sang, basculer dans le XXL maintenant.

En s'asseyant, Hafida s'est donné plus d'allure, ses seins ont suivi, et bien sûr, j'ai plané au-dessus d'eux comme l'aigle à l'heure du repas. Dans un français d'élève en partance pour le LEP, l'a fallu qu'elle nous dise :

— Votre mère ! Je l'adore ! Si j'aurais su qu'elle existait !

Enfin quelqu'un reconnaissait ma mère, lui attribuait d'autres qualités que celles d'être – bonne ou mauvaise – mère. Approuver nous coûtait encore trop. On avait besoin de se faire à l'idée d'une nouvelle mère. Et d'une sœur fraîchement adoptée.

— Elle est guérie.

C'était presque une nouvelle funeste, un truc à se tirer une balle dans la bouche. Comment appelle-t-on la ratonnade quand elle est initiée par ses propres frères ? Et c'était une provocation dont j'étais le complice.

— Nous autres, on guérit pas ! Qu'est-ce que tu racontes, "elle est guérie" ?

Ça n'avait pas de sens, cette phrase ne correspondait à aucun logiciel, annonçait même une aggravation des migraines, le retour du martinet et des privations de sorties, et même mon père sortait de sa tombe pour détendre sa haine sur nos omoplates. Après la frangine, j'ai convaincu mes deux frères qu'on se retrouve avant d'aller rendre visite à maman.

— Pas chez Lakhdar ! j'ai précisé.

Kamel, amère haleine, a dit :

— Au jardin japonais, pour un hara-kiri, c'est tout indiqué.

Je reconnaissais bien sa marque.

Ils étaient là en avance, rabougris, emmitouflés à la fois de polaires et de colère. J'ai embrassé l'aîné et checké mon cadet.

— Disons qu'elle va mieux, qu'il m'a semblé urgent de corriger.

Kamel, en triturant son portable, rêvant sans doute que ce fût un 9 millimètres, jouait de son bagou :

— Elle peut pas guérir, pour guérir faut être malade.

Smaïl s'en est remis à des opinions plus rationnelles.

— Mais si, on peut guérir, on est en France.

Kamel a pincé sa lèvre pour désapprouver, je m'efforçais à l'humeur neutre. J'ai précisé ensuite qu'elle avait trouvé un endroit où elle se sentait bien mais, même en nuançant mes propos, c'était inacceptable, ce renversement à l'encontre du plus petit bon sens.

Assis côte à côte, on aurait dit trois dealers de la vieille école sur le retour, et les vieux qui allaient et venaient ne s'y trompaient pas, qui moulinaient des mirettes – *ouled l'hram* (des fils du péché). De voir assis trois rebeus mal lunés les inquiétait plutôt, ils préféraient s'éloigner. Pareil pour les cousines voilées à l'arrière des poussettes, accompagnées de belles-mères. Kamel a eu cet air songeur et j'ai deviné qu'il pensait que c'était là, la place de maman, couverte et nounou gâteau.

— Qu'est-ce qu'elles ont à nous regarder ? qu'il a quand même pesté.

— Tu vois pas que c'est toi qui les zyeutes ? a répliqué le grand frère. Même ton regard, il est pas né en France.

J'ai raconté par le menu l'histoire de "la vieille mégère et la belle Noiseuse".

— Comment ça, manucurée ? Arrête de dire n'importe quoi !

Le monde se renversait, chaque mot voulait dire son contraire, “amélioration” se traduisait par “aggravation”. Ça virait à l’obscène, à la schizo bon prix, fallait donc aller voir. Kamel, maintenant au bord de quelque chose qui l’empêchait de respirer, m’a accusé :

— C’est toi, ça ! Mais t’espères quoi ? Te la garder pour toi tout seul ?

Smaïl, lui, a annoncé :

— Faut lui couper l’abonnement Free – c’est pas bon, ça ! Faut voir si y a pas quelqu’un du bled qui lui mange la cervelle, faut qu’on la surveille, fait chier.

— On se fait faire un certificat et on la fourgue au premier Ehpad qui la prend.

Smaïl a désapprouvé.

— L’Ehpad, t’es fou ? Ils vont lui faire manger du porc.

— Et alors, y peut pas comprendre ça, Dieu ?

— Dieu je sais pas mais moi non.

— Alors, trouvons un Ehpad hallal ! Y a bien des maternelles, des lycées, des chaînes de télé, des magasins hallal !

Les deux frangins ont défouraillé des armes imaginaires et se sont troués à volonté.

Voilà, je pensais les étonner mais c’est la colère qui s’est invitée sur le banc. Une colère tournée aussi contre nous autres, on s’en voulait d’être dépassés, volés, trompés. On fulminait donc quand un gamin d’une dizaine d’années, passant tout près, nous a fait : *“salam alikum”*. Ça nous a irrités, fait basculer dans un espace sans repères et moi seul ai répondu :

— Salut.

C'était un dimanche, dans la voiture j'avais, en guise de frères, deux bonbonnes de gaz, deux Syriens prêts à se faire exploser pour sauver l'honneur de la famille, quitte à se passer des soixante-dix vierges. Et je partageais cette peur d'une mère qui n'aurait plus besoin de nous, qui n'exigerait plus d'être obéie au doigt et à l'œil, n'exigerait plus que nous soyons des "hommes" comme s'il nous fallait cet ultimatum à la con. On se ressemblait dans la peur qui nous était commune, une même embarcation qui promettait un sort de *Titanic* mais, cette fois, en mer Méditerranée.

Le masque restait obligatoire dans le centre de récupération post-opératoire, ça s'est tendu à l'entrée : "pas normal que vous puissiez pas nous en fournir ! a hurlé Kamel. Vous coûtez assez cher !" Oubliant que maman bénéficiait de la quasi-gratuité du séjour.

On a pris l'escalier puis, évidemment, un long couloir, et puis un autre, sans avoir pu anticiper aucun scénario. Quelle ne fut pas la stupéfaction de trouver là Ouardia, notre aînée, qui se faisait défriser les cheveux par la belle Noiseuse. Les mots ne nous sortaient pas de la bouche, il n'y en avait d'ailleurs pas, un peu comme si on les avait laissés se refaire une santé dans un quelconque congélo. Pas plus de mots chez Ouardia, ni d'humeur, notre présence lui touchait un ovaire sans déranger l'autre, nous n'étions plus des frères mais des visiteurs du dimanche venus se mêler d'histoires de femmes.

— C'est maman que vous cherchez ? Elle est au parc.

*

On est sortis, pas le temps de nous remettre qu'une femme couverte d'un fichu aux tons sombres qui finissait sa prière a montré le bout de son nez.

— *El hajja mchet maha sahbeutha feul park.* (Votre mère est sortie avec sa voisine au parc.)

J'ai deviné un accent marocain et lui ai fait répéter :

— Au parc ?

— Ouah, ouah, l'parc.

J'ai dit :

— *Saha, allah i rheum oualdik.*

Et mes frangins m'ont toisé du zèle dont je venais de faire preuve.

— Ben quoi ? Je m'acclimate.

Arrivés devant un grand carré de pelouse pas assidûment arrosée, on a tout de suite reconnu maman, tout au bout de la coursive. Elle taillait le bout de gras avec son chibani, chibani qui, péniblement, roulait son tabac. Il était coiffé d'une chéchia rouge. Le grand frère a lâché :

— C'est un Tunisien ?

Comme on aurait dit "c'est un crapaud", et les questions ont fusé.

— Elle boit du café maintenant ? Et c'est quoi ces fringues ?

Ce fut le second effarement.

Chez Smaïl, il y a immédiatement eu l'envie d'aller la tabasser, parce que l'orgueil était bafoué, le nom de famille piétiné. Vite ! trouver des témoins de chez nous pour certifier que l'honneur allait être lavé.

Le vieux bonhomme à la moustache ultra-fine était assis lui aussi sur une chaise roulante et, comme maman riait aux éclats, je crois que ça nous a liquéfiés. D'abord, qu'elle rie tout court, et parce qu'ils formaient un couple, et que nous ne l'avions jamais vue si près d'un homme. La première fois, j'avais été obnubilé par les rires et la bonne humeur, cette fois je voyais un homme en chair et en os, je voyais la moustache et le contenu de sa culotte. On est restés là, lèvre basse, ratatinés. Pourquoi était-elle de bonne humeur et si proche d'un autre qui n'était pas le père ? Que faire ? Attendre ? Interrompre ce qui ressemblait à un flot ininterrompu de phrases ? Mais qu'avait-elle donc à raconter à un inconnu, à un de chez nous ? On composait des tronches de réprimandes allant jusqu'à la vendetta kabyle car, paraît-il, on peut tuer sa mère si elle part en cacahuètes. Oui. La justice française peut comprendre ça : le déshonneur. On va réclamer une jurisprudence pour non-assistance morale à sa descendance directe.

Et pourquoi parlait-elle *autant* ? Et puis la curiosité aussi a joué les premiers rôles, qui donc était cette femme affranchie de tabous ? Qui était cette "folle" qu'on n'appelait plus maman ? Ce bouddha placide qui ne connaissait même pas le prénom de ses belles-filles ? Et ces rires comme une balle de ping-pong, qui allaient de l'un à l'autre, et puis cette fumée qui sortait de sa bouche, à l'autre, épaisse, bleutée, qui tournait au-dessus d'eux et maman qui ne battait pas l'air pour disperser l'épais nuage, qui ne cherchait pas à fuir l'odeur, "le poison", disait-elle quand c'était papa, c'était incompréhensible pour nous trois, presque révoltant, et je crois qu'il nous aurait fallu une seconde mère, là tout de suite, pour nous consoler – venez mes chéris, je vais vous les faire, vos crêpes préférées et, si vous êtes bien méchants, vous l'aurez, votre fessée. C'était comme si l'homme ne fumait pas, comme si la fumée était invisible, qui sait, agréable. Tout était blessant, invraisemblable. Je nous entendais tous les trois nous lamenter – non ! pas ça, on te préfère méchante, repliée sur tes douleurs, à l'agonie et vomissant le fruit de tes entrailles, oui maman, on te veut fouettarde et castratrice, mauvaise et chieuse, sans ça on perd le nord, tu entends ? Allez, sois raisonnable, rentre à la maison, le bonheur, c'est pas pour toi ! Tu ne l'as jamais connu, sinon on aurait été heureux ! Non, pas le bonheur ! Surtout si on n'en est pas les auteurs. Bon sang ! Le malheur t'allait si bien. Non maman ! C'est pas toi, ça ! Normalement, on doit te trouver isolée dans ta chambre en train de gémir et la tête couverte. Tu dois nous traiter d'infâmes, sinon comment t'en vouloir ? Il faut que l'on t'en veuille sinon à qui reprocher nos névroses – ou nos vertus ? Hein ?

D'une main hésitante, j'ai retenu le grand qui voulait aller voir ailleurs s'il y était. Plus curieux que lui, je préférais rester jusqu'au bout du tête-à-tête, m'enivrer de la stupeur de découvrir cette mère qui n'en était plus une. Le temps de tirer deux gobelets de la machine à café et c'est Hafida qui nous a rejoints, clope au bec, solaire et bandante. Ma grande sœur, elle, avait pris la poudre. Mon grand frère a rétréci, n'a vu qu'une dévergondée crâneuse.

— Elle est bien, là, non ?

À qui croyait-elle parler ? Non, elle est pas *bien*, on veut pas qu'elle soit *bien* ! On est venus se faire péter les os, traiter de mécréants, de bâtards efféminés, d'ingrats retors, on est venus pour la trempe, qu'est-ce que tu racontes ?

Et ce qu'elle avait à nous raconter, elle nous l'a distillé au goutte-à-goutte.

Entre autres, que maman avait fait un couscous, et puis des crêpes aussi, qu'elle donnait des cours de danse aux infirmières, paraît que c'était la fête, comme un mariage de chez nous, elle a précisé.

— Qui nous ? a râlé Kamel.

Quelle chance ! une maman pareille, pleine de joie, et moderne, et touchante ! Elle avait des mots comme ça, “moderne”, “touchante”, qui nous ont renvoyés à la symétrie opposée – vous parlez de qui ?

Elle nous a achevés à coups d'anecdotes dont nous ne savions pas s'il fallait en rire ou en pleurer, parce que maman n'avait pas brassé de semoule depuis longtemps, ni dansé. Quand on s'est approchés, maman a trouvé qu'on avait mauvaise mine.

— Asseyez-vous ! puis, s'adressant au chibani en arabe oranais : *ouladi !* (C'est mes enfants !)

— Que Dieu les protège.

— Non, ça va merci, j'ai ma doudoune, a grogné Kamel.

Comme par délicatesse, le vieux bonhomme s'est retiré pour nous laisser délibérer. Au débotté, maman s'est exclamée : “je vais vous faire un couscous !” Plein de points d'interrogation se sont suspendus au-dessus de nos têtes. Un couscous ? C'était un peu court, et puis comment avaler la graine dans l'état où elle avait laissé nos estomacs. Et quand elle a hurlé “je vous veux tous !”, on est redevenus des ombres frisées, tassées contre un coin de mur juste avant la tannée.

Soraya, ma petite sœur, elle aussi, je voulais qu'elle voie la métamorphose. Au bout du fil, une température de pôle Nord.

— J'ai pas d'envie de maman, je le suis assez comme ça, et d'une fille en plus.

J'ai insisté pour réveiller la curiosité même la plus assoupie.

— C'est un spectacle, je t'assure.

— T'es bien un mec.

— Tu dis ?

— Non, rien.

J'ai insisté encore, avec une ironie plus vaincue qu'autre chose.

— Viens au moins voir ça avant extinction de la bonne humeur !

— Quoi ? Voir qu'elle est amoureuse ? C'est toi qui me demandes ça ?

Comme si je lui reprochais de l'avoir été.

Eden n'arrêtait pas de passer et repasser, cette curiosité, c'était nouveau. Faut dire, mon ton qui a chuté quand il s'est approché et ma main qui couvrait ma bouche… Pourquoi il s'agenouille ? Pourquoi il supplie ? Il redevient con ?

— Allez frangine, fais-le pour moi !

J'avais dit "fais-le pour moi".

— Pardon ?

Et j'ai compris que c'est moi que Soraya ne voulait pas voir, que l'heure de sa vengeance venait de sonner puisque, enfin, j'étais déclassé, que maman venait d'élire un autre "préféré" que moi et aussi, parce que je n'avais pas su entendre ses appels au secours *à elle*, pas voulu voir *sa* main accrochée au balcon. Oui, il y avait cette accusation de ne pas l'avoir protégée, il y avait de ma mère dans ce coulis de rancœur, perceptible même au bout du fil, des phrases derrière d'autres phrases, muettes et criminelles – j'étais ta sœur, tu m'as prise pour un petit frère à qui on apprend à pêcher, à fixer un hameçon ou à jongler avec des balles, t'as oublié qu'une fille, ça a besoin de plus que ça, ça a besoin d'être une fille, *une fille* !

Eden est repassé, à sa vue mon portable a pesé des tonnes, j'ai changé d'oreille, et puis j'ai changé de pièce.

— On peut se voir si tu veux mais dehors.

Dehors. Elle voulait s'offrir une possibilité de fuir, de m'échapper sans que je puisse la retenir. Même au bout du fil, ça se sentait, je n'étais plus son frère, juste un mec devenu vieux, de dix ans son aîné, qui faisait un peu pitié et qui finalement n'avait pas grandi puisqu'il courait encore derrière les jupes de sa mère.

J'ai proposé le lac de Sesquières.

— Sesquières… Oui c'est bien, on est sûrs de pas la croiser.

J'aurais dit la lune, peut-être aurait-elle craint d'y rencontrer ma mère.

Quand elle a raccroché, je me suis tenu le bras droit, il s'était ankylosé.

— Tu vas où, p'pa ?

C'était bien la première fois qu'Eden me posait la question, et je ne voulais pas répondre et comme il a été dur de céder.

— Faire un tour.

Ça l'a chiffonné, cette réponse trop "vague", et moi, ça m'a irrité, cette curiosité insistante. Après les anciennes, de nouvelles plaques tectoniques se fracassaient au même endroit qu'il y a mille ans.

Cette question. "Tu vas où ?" Moi, jamais je n'avais osé la leur poser, toujours je les laissais sortir en me cramponnant à mes tripes. Ils sortaient, je prenais sur moi pour éviter que ne se greffe le plus petit sentiment de persécution. Nos regards se sont croisés et j'ai pensé que j'en avais par-dessus la tête, des duels sans soleil, que j'étais harassé de sentir la peur me gagner en leur présence, épuisé de ne pas oser entrer dans leur chambre même en leur absence.

— Je vais voir ma sœur.

— Encore un effort et tu finis ton puzzle.

Museau. Mais embouteillage dans ma bouche – quand est-ce que vous mettez les voiles ? quand ? quand ? Et il m'a semblé être entendu, cette fois.

Leïla, heureusement je l'ai vue sourire, ça m'a rassuré, j'ai souri à mon tour pour me donner du courage. Fallait que je lui parle, vite, à cause du pressentiment d'un compte rendu en bonne et due forme et ça n'a pas loupé.

— T'as craqué.

— Non j'ai pas *craqué*, j'ai juste fait comprendre que j'avais besoin d'être seul.

— Et t'en as chassé quatre d'un coup.

— Pour Boris, OK, j'ai manqué… disons, de tact. Pas avec les enfants.

Sa tête a dodeliné de bas en haut, style “pas à moi”.

— C'est pas ce qu'on m'a dit…

— Je les ai pas ménagés, peut-être. Mais attends, je vais pas les caresser dans le sens du poil juste pour qu'ils me préfèrent à toi ! Ils veulent une grand-mère maintenant, t'y crois ?

— Tu t'es bien mis à vouloir une mère, toi !

— C'est pas tout à fait ça, je veux une mère parce que je me cherche, eux, ils en ont une, de mère.

— Oui bon d'accord, mais avoir une mère c'est pas… tout avoir.

— Pardon ?

— Eux aussi ils se cherchent, figure-toi… Ne les en empêche pas !

— J'empêche, moi ?

— En tout cas, t'ouvre pas… ouvre des portes ! Cherchez ensemble, de toute façon, vous ne cherchez pas la même chose… eux, c'est plus généalogique.

— Et moi ?

— Psychique ?

— J'suis taré, c'est ça ?

Quand sa main a recouvert la mienne, j'ai eu la certitude de la regagner, parfois les mêmes gestes n'ont pas la même signification. Celui-ci avouait l'attachement définitif, précisément parce qu'on ne se la touchait jamais, la main ; oui, c'était bien un amour scellé de main de maître, une soudure définitive envers et contre les pires intempéries – et c'est comme une eau crade qui s'est échappée de moi par tous les pores, je me suis senti propre, prêt, en tout cas, et j'ai raconté que j'étais devenu infirmier depuis des mois et punching-ball aussi, un peu aide-soignant, aide-ménagère, chauffeur, kiné remplaçant…

— Tu vas pas le croire, j'y fais la cuisine, elle goûte et elle dit – c'est de la merde, et je bazarde à la poubelle mes fèves aux pois chiches et à la crème, poubelle !, mes bricks à l'œuf, poubelle !, mes boulettes de riz, poubelle !

Elle a souri jusqu'aux oreilles et j'ai compris que c'était ça, être soi, que c'est ce qu'elle attendait de moi, que je raconte sans atrophies ni boursouflures. Et j'ai tout raconté parce que je me suis senti plaire sans effort pour plaire, tout simplement, et comme c'était bon, j'en ai rajouté un chouïa.

— Attends ! je l'habille et je la déshabille. On parle politique et tout. Tu sais comment elle appelle Macron ? Makrout ! Parce qu'il la gave… t'y crois ?

Elle ne riait pas, elle faisait exploser d'irrésistibles bombes crachées depuis des dents qui ne demandaient qu'à se décrocher. Alors, enfin, j'ai demandé :

— Et toi ?

— J'ai appris à conduire le Manitou.

J'étais déjà à moitié parti lorsque, dans mon dos, m'est parvenue une voix irrésistible de douceur, une voix par en dessous comme on l'a quand on a plus d'autre argument que celui du cœur.

— Eden, aide-le.

Bien sûr, je m'attendais à ce qu'il décline ma proposition ; bien sûr, j'avais espéré qu'il me répondrait : "non, non, finalement j'ai réfléchi, j'y renonce p'pa, tout ça me fait peur".

Mais quand j'ai dit : "on y va", pas le temps de compter jusqu'à "un" qu'il avait enfilé son blouson floqué "Palestine". J'allais ouvrir la bouche, un sixième sens m'a conseillé de la boucler. Ainsi je m'apprêtais à entrer dans un centre de réadaptation post-opératoire avec un rejeton floqué "Palestine" ? Allais-je vraiment avoir ce courage-là ? Après tous ces attentats ? Tous ces morts mitraillés au Bataclan et ma culpabilité qui va avec. J'aurais préféré un sweat sur lequel il aurait imprimé "master trois" ou "futur avocat de la Cause", quel con ! Dans la voiture, je fulminais, Eden déglutissait son petit bonheur en écoutant Matoub.

— Merci, p'pa.

Je n'ai eu la force que d'un pénible sourire mais tout le temps de voir défiler dans ma tête des phrases pleines de défaites qui n'étaient pas les siennes – fils, enfonce-toi bien ça dans le crâne, jamais la Palestine ne deviendra un État.

Je me demandais si ce n'était pas de ma mère que je parlais.

*

Dès notre arrivée, nous fûmes accueillis dans une sorte d'affolement.

— Venez voir, vite ! suppliait presque une aide-soignante.

Comme elle souriait, je ne me suis pas inquiété. On a couru d'un couloir à l'autre jusqu'à atteindre la salle de kinésithérapie et là, un mirage, une hallucination. Devant nous, une dizaine de femmes dansaient, des patientes bien sûr, mais aussi du personnel médical, sous l'œil amusé de femmes de ménage qui avaient lâché leur balai avec l'autorisation bienveillante du directeur. Toutes se déhanchaient sous les ordres de maman et, par-dessus le marché, derrière elle, Ouardia ouvrait ses bras en cas de chute et, à d'autres moments, aidait Hafida, encombrée de ses deux cannes. Maman hurlait. Il m'a semblé l'entendre comme dans la rue de mes huit ans – Slimaaaaane ! Icotte ! (Écoute !) Viens faire tes devoirs !!! D'être regardée, admirée, chaque parcelle de peau reprenait vie, chaque os en redemandait – vas-y, oui, dérouille-nous !

— Lâche ! disait-elle à l'une, en français, lâche tes fesses, elles doivent bouger.

À une autre :

— La taille, bouge la taille, puis, en kabyle, *seurreuh imanim !* (lâche-toi !), puis en arabe, *seurho !*

Elles dansaient sur un tube de Faudel : *Tellement je t'aime* ! et Taos, reine du déhanché, mimait le chanteur – la salope, elle chante ! Certaines s'étaient noué un foulard juste au-dessous des fesses et torturaient leurs hanches à la va comme tu peux. Tout le personnel était là, aides-ménagères et cadres, subjugués qu'un tel atelier puisse exister. Et puis, l'effarement, l'eau qui manque à la gorge, les muscles qui vous lâchent : maman s'est avancée, peut-être parce qu'elle nous avait vus, jusqu'au milieu de la piste improvisée et s'est mise à tortiller des flancs mollement. C'était l'admiration pour toutes – et pour moi : l'asile. Elle dansait appuyée sur les orteils d'une jambe, le talon relevé, la hanche en quinconce, cette jambe et ce genou qui, six mois durant, nous avaient, elle et moi, menés au bord de la dépression, oui cette jambe désormais s'étirait comme un élastique et semblait même n'avoir jamais été endolorie.

Là devant nous, elle *flottait* dans l'air comme un rat d'opéra enrobé mais souple.

— Le talon haut ! L'autre à plat ! C'est le secret ! Le talon haut, l'autre, plat !

C'est ce que venait de comprendre Eden, qui ne s'est pas fait prier quand mamie zinzin lui a tendu les bras. Ils ont dansé ensemble et je me suis à nouveau revu enfant, collé contre elle, l'oreille écrasée par son coussin de gras, heureux que maman soit heureuse – et vouloir que sa mère soit heureuse quand on est enfant, c'est déjà savoir qu'elle ne l'est pas.

Le vieux chibani, resté plutôt discret jusque-là, m'a fait signe de le rejoindre. Je l'ai suivi jusqu'à la terrasse et on s'est assis à l'endroit même de notre première rencontre. Je vois encore ce visage presque exalté, espèce de bonheur ultime qui se dilate avant la mort…

— Je respecte votre mère, elle est très intelligente, exceptionnelle, peut-être ne le savez-vous pas… si !

vous devez le savoir. On ne regarde pas toujours sa mère dans le bon sens, vous comprenez… Elle a dû être heureuse, certainement, pour sourire de la sorte.

Je comprenais parfaitement mais ce qui m'a surpris, séduit même, c'est qu'il parlait un français impeccable et, des chibanis, je n'en connaissais pas qui sachent user à bon escient de l'imparfait, du présent de l'indicatif, des règles de l'auxiliaire avoir.

— Elle sourit beaucoup, c'est une vraie joie pour moi qui vais mourir bientôt. Avec votre permission, j'aimerais qu'elle m'accompagne, enfin que l'on s'accompagne l'un l'autre, vous voyez… bien sûr je respecterai votre décision, à vous et à vos frères.

Pendant ce long monologue, je réfléchissais à la réponse qui ne me ferait pas passer pour une brute épaisse.

— Elle est libre, monsieur, je crois qu'elle est libre.

Et, tout autour de nous, ça pouffait de sarcasmes, ça feulait hyènes, dissimulées sous les mains en bouclier, les bouches anticipaient la demande en mariage tout ce qu'il y a de plus officiel du petit Tunisien.

Après ça, c'est le directeur qui m'a fait signe de le suivre à la buvette.

— Votre mère, c'est une bénédiction, vous prenez conscience de l'exemple qu'elle représente, pour nous, pour nos futurs patients… ? Si vous êtes d'accord, nous avons l'intention de lui proposer quelques vacations comme animatrice, bien sûr elle sera rémunérée…

Ce qui m'a collé au mur, c'était pas tant qu'elle danse mais, qu'en dansant, elle obtienne sa première fiche de paie. J'ai pensé à ça, à son premier salaire après cinquante ans de labeur. Le début d'une vie.

Je n'avais pas atterri que maman m'a fait signe à son tour de venir la voir, je ne lui connaissais pas cet air qu'on a quand on se veut extrêmement concentré.

— Ah, mon fils, pour La Mecque, c'est plus la peine, je veux plus.

Hein ? Ça commençait à faire beaucoup pour moi, j'ai presque eu envie de la gifler pour la ramener à elle – réveille-toi, m'man, t'as perdu les pédales ! Boite à nouveau, que je retrouve un peu d'air, mais voilà, j'ai eu peur du mot de trop, de l'impair, de mon double aliéné. J'ai bafouillé :

— Comment ça, pas La Mecque ?

— Non, pas La Mecque, je veux voir la Mosquée bleue d'Istanbul !

— Tu veux aller en Turquie ?

— Non ! À Istanbul ! Hafida dit que c'est magnifique.

Tout à coup, j'ai davantage redouté la laïque que la musulmane, la femme libre que la ligotée, me suis senti devenir chèvre, excommunié par la famille qui m'avait façonné, un vrai pogo dans ma tête désordonnait mes repères :

— Hafida ? Mais c'est qui, Hafida ?

Ouardia s'était rapprochée :

— Hafida, quoi… Elle y est allée, à Istanbul.

— Istanbul ? Elle est turque ?

— Qu'est-ce que tu racontes ? T'as jamais entendu parler de la Mosquée bleue ? C'est aussi un pèlerinage, mais au moins y se la raconte pas, celui-là.

— Qu'est-ce que tu dis ?

— Oh là, là, t'en fais des manières !

Je ne reconnaissais plus ma sœur avec son défrisé brésilien, le haut de sa poitrine largement découvert, ses lèvres d'un rose pâle et brillant. Ne lui manquait plus qu'une Marlboro au coin du sourire.

Pour introduire la fin des festivités, les haut-parleurs ont craché un acidulé de chez diabète – *maman… t'es la plus belle du monde* – qui m'était sans doute destiné.

Par-dessus la musique, la voix du directeur :

— Allez mesdames, au boulot !

Il a suffi qu'elle danse un peu, qu'elle soit admirée, maman, et tout était à refaire.

Smaïl n'en dormait plus la nuit, après l'aine voilà qu'un énorme clou roulait dans sa chaussure. Il voulait parler comme on hurle pour s'assurer qu'on a de la voix. Je l'ai embrassé pour marquer la filiation. Point de "salut", point de "ça va ?" ou de "comment vont ta femme et tes enfants ?", juste sa voix épuisée, perdue.

— Elle est narvali complet, c'est les médicaments, ça, non ? Faut changer de médecin traitant, faut qu'elle déménage… C'était qui l'autre, là, le Tunisien ? J'suis sûr qu'elle fait plus la prière, c'est pas bon, ça. Et la pute qui dort dans sa chambre, c'est qui ?

Il ne m'interrogeait pas, il semait, plutôt, jetait des questions à tous les vents, comme si elles étaient trop nombreuses pour un trop petit cerveau et qu'il fallait évacuer dare-dare. Il cognait des ombres au hasard en priant que, dans le tas, on puisse ramasser un coupable.

— Elle va revenir sur le droit chemin, de force s'il le faut, ma femme a trouvé la bonne idée, il faut trouver un *hadj* – *hadj* Hocine il a toujours eu de l'influence sur elle… Les Turcs, les Turcs ! Y sont même pas arabes.

— Mais les musulmans, c'est pas forcément des Arabes.

— Qu'est-ce que tu dis ?

— Rien.

— Mais toi, t'en penses quoi ?

— J'en pense, je sais pas…

Je n'avais jamais aussi bien porté le costard de la lâcheté. J'imaginais Eden, Elias, Leïla et Boris témoins de ma couardise, de ce corps en baudruche crevée, parce que c'est vrai que je voulais qu'elle y aille, à La Mecque, mais sans que j'aie à donner mon avis.

— S'il le faut, elle ira de force à La Mecque pour se purifier, s'il le faut je paierai tout de ma poche… c'est *l'hchouma* cette histoire.

Autant, avec Kamel, je m'aventurais à de prudentes digressions, autant là, j'ai compris que mon frère ne tolérerait aucune nuance, rien qui n'aille pas dans son sens, il roulait seul sur sa planète caduque, blessé à mort et le ventre vidé de ce qui lui restait de tripes. Je l'ai laissé pédaler, s'enfoncer dans l'océan de semoule qu'avait été notre enfance. Je voyais bien que la peur cadenassait ses tempes, sa mère ne pouvait incarner autre chose qu'une mère et qu'est-ce qu'une mère si elle n'est pas une sainte, qu'est-ce qu'une mère si elle ne masque pas la médiocrité de sa couche. Oui, c'est ça, être fils, c'est être beau pour sa mère, obstinément beau et je voulais pas être laid trop vite, et mes frères non plus.

— Écoute-moi, il faut qu'on soit soudés tous les cinq, faut pas qu'elle y aille, en Turquie.

Jamais auparavant l'idée ne nous était venue d'être soudés. On s'est séparés sans un au revoir, le cœur n’y était pas, je l’ai juste vu baisser la tête, soutenir sa taille, et lâcher :

— Putain !

Elle a souri, la petite sœur dont je n'étais plus le grand frère. J'ai pensé en la voyant – des cheveux violets, c'est n'importe quoi ! Très vite son percuteur à dents a fait mouche.

— Tu mets des vestes maintenant ? Sous-entendu : “t'as cent ans”.

Je marchais à ses côtés comme aux côtés d'une étrangère avec qui je me devais d'être prudent, tout allait se jouer au lapsus près.

Pour l'éviter, le lapsus, je crois que je ne l'ai pas regardée dans les yeux un seul instant, parler de maman suffisait au supplice.

On s'est assis sur un vieux tronc et ça nous a distraits, toutes ces quinquagénaires qui promenaient leur boulet de mère. On s'est demandé jusqu'où ce n'était pas de la comédie, un jeu de dupes, une punition, la punition de la semaine.

D'ailleurs c'est le mot qu'elle a prononcé :

— Tiens, v'là les punis ! et je me suis roulé par terre.

On a regardé tous ces bons fils et filles aux têtes couleur de sel pousser des fauteuils le nez en l'air comme pour y chercher de quoi respirer.

Tous les deux, on n'y croyait pas, à l'empathie des fils aux cheveux blancs, on pensait qu'il y avait des arrière-pensées partout, des calculs d'héritage, une façon de s'offrir quelqu'un à qui parler qu'on appellerait encore "maman" et dont l'avis désormais ne mangeait pas de pain. On condamnait tranquilles l'intimité factice, la connivence rapiécée, enfin toutes sortes d'horreurs de cet acabit, ça nous a rapprochés. On avait presque de la peine pour nous en pensant qu'à cette heure on aurait pu se distraire de manière tellement plus gratifiante et là c'est moi qui ai dit :

— Dire qu'au cinéma, ils repassent *Le Bon, la Brute et le Truand*... Nous ce serait plutôt "La Brute et ses truands".

Elle a tiré un sourire à la corde d'alpiniste.

Le moment était propice pour lui raconter notre "maman" dernier cru et j'ai déballé prudemment, dit qu'elle était "un peu" heureuse. Elle ne s'était pas imaginé entendre ça.

Quand je l'ai sentie prête, j'ai dit aussi qu'elle donnait des cours de danse, ajouté qu'elle s'était fait des amies, des tas de femmes de chez nous, immigrées de la dernière pluie mais qui maîtrisaient le français mieux que maman.

Elle s'est muée en rides sombres, en plaques de marbre noir ; d'autres femmes allaient aimer sa mère... ou la dépouiller, c'était pareil, l'un dans l'autre, elle était volée. Elle s'est chiffonné le cerveau en grattant le haut de son crâne nerveusement... et si sa mère pouvait être autre chose que la vilaine sorcière qu'elle avait toujours donné à voir. Et si, s'accusait-elle, elle n'avait pas assez creusé cette piste qui exige qu'on prenne sur soi, qu'on se remette en question, aussi, avant de porter des jugements trop hâtifs, cette piste de la complexité humaine… Elle-même si prompte à briser les tabous, ne s'était-elle pas mariée à l'ancienne, vierge et en blanc pour plaire à maman, sauver les testicules du clan, pliant devant tout un tas de préjugés qui sentaient le rance. Elle se maudissait un peu de n'avoir pas eu plus de courage dans sa vie. Finalement, elle ne valait pas mieux que sa mère. Et cette lâcheté refaisait surface.

— Je… je veux voir ça.

Bingo !

Pourtant, et depuis bien longtemps, il y avait cette idée têtue à laquelle Soraya n'adhérait pas, cette idée que maman n'avait fait que subir. On ne pouvait pas avoir généré autant de gauchistes mécréants sans l'avoir initié un tant soit peu. On ne pouvait avoir si bien divisé pour régner sans une intelligence au-dessus de la moyenne. Une femme qui préférait nos ancêtres les Gaulois à la dynastie des Omeyyades, juste parce que c'était l'école française qui distillait l'héritage, ne pouvait qu'être singulière. Elle a souri froidement, ma petite sœur, et m'a regardé droit dans les yeux.

— On dirait que ça te fait plaisir, ce qui lui arrive.

— Comment ça elle nous *invite* ?

Ce fut la première question de Kamel qui a fini par accepter qu'on s'attable dans un petit restaurant familial qu'on fréquentait du temps où on se croyait de la même gauche. Il portait à cette époque un chapeau un peu en retrait, façon John Lurie ou Tom Waits, jusqu'à ce qu'il assume sa calvitie héréditaire.

— J'y crois pas ! s'est écriée Nadine, la taulière. Vous ? Réunis ? Ça sent l'héritage !

Elle n'a pas donné de suite à sa macabre allusion.

— Ça m'échappe, ça m'échappe, a répété Kamel, mais qu'est ce qui s'est passé ?

J'ai répondu :

— Je ne sais pas, je sais juste qu'elle a changé dès qu'elle n'a plus senti sa douleur.

— C'est pas logique, on ne perd pas la boule parce qu'on va mieux, c'est le contraire !

J'ai répété :

— Chais pas.

Mais je voyais bien l'affolement, presque des larmes, chez lui aussi, comme s'il comprenait mais qu'il empêchait de s'ouvrir la voie qui pouvait libérer sa névrose, parce que c'est douloureux d'extraire soi-même le dard qui vous meurtrit. Puis, j'ai posé la question la plus naïve du monde :

— Mais c'est quoi, le problème ?

— Le problème, c'est qu'on l'a trop laissée faire, elle croit qu'elle est libre.

Et c'est comme si, de ma bouche, s'échappait la voix d'Eden.

— Elle ne l'est pas… libre ?

— Me prends pas pour un con, qu'est-ce qu'elle sait de la liberté ? La liberté pour faire quoi ?

— Pour vivre.

— Mais vivre quoi ? Ça me dépasse.

Et là, au loin, une voix de verre brisé, deux cannes :

— Eh, les Kaoui, on vous oublie pas ! Sur la tête de ma reum, on vous oublie pas !

Kamel s'est saisi de sa chaise et s'apprêtait à fondre sur Driss, alors je l'ai ceinturé de toutes mes forces.

— Kamel ! Kamel, je t'en supplie.

Il s'est rassis avec, dans le regard, l'épuisement, la fatigue d'avoir à se battre contre les autres, contre lui-même, et aussi parce que j'avais prononcé son prénom. Moi-même, me suis senti nu, ce prénom comme une impudeur, ça nous a congelés.

Et qu'il a été difficile, après ça, d'intercéder pour maman, de lui trouver des arguments crédibles, une plaidoirie qui m'auraient évité d'être encore plus ridicule. Est-ce que le khôl avait un sens ? Est-ce que la danse orientale aidait à muscler les jambes ? Est-ce que boire un café à l'entrée d'une grande surface en plein ramadan pouvait se défendre ? S'allonger sur un transat, chaussée de lunettes Ray-Ban, était-ce bien raisonnable ? Et les pompes à trois bandes blanches ? Et ce pantalon de toile à carreaux ? Alors, me suis risqué :

— Pour apprendre, c'est ce qu'elle veut… apprendre.

— Mais j'ai essayé moi-même, d'y apprendre l'alphabet, tu sais d'où tu pars ? Elle confond l'envers et l'endroit, les photos, elle les regarde la tête en bas… Apprendre ! Apprendre ! Comme si ça avait été facile pour nous, d'apprendre !

J'ai fait signe à Nadine d'attendre un peu avant de nous servir parce que nos estomacs cherchaient plutôt à extraire les aliments de la veille. Et pendant ce temps, le cendrier dégueulait mes mégots.

— Putain qu'est-ce que tu fumes… J'y pense ! Elle va pas s'y mettre ?

— Hein ?

Je n'ai pas voulu enfiler l'habit du large d'esprit que je n'étais pas, je me suis tu. Pas lui :

— Bon, d'accord, elle a vécu une vie de merde. Ça n'autorise pas n'importe quoi ! De trop bas, t'as aucune chance. On en a eu, nous, de la chance ?

J'ai voulu répondre par l'affirmative, mes mômes l'attestaient, puis j'ai cru trouver l'argument qui allait l'apaiser.

— Peut-être qu'elle cherche simplement quelqu'un pour l'accompagner.

— Arrête de jouer au Français !

— Je *suis* français.

— Ah ouais ? Alors on fait quoi ? On leur offre un voyage de noces ? On loue des smokings et on crie "vive la mariée" ? Je te dis qu'on a trop lâché de mou, elle est là, la raison.

— N'empêche qu'elle nous en veut…

— Nous en veut de quoi ?

— De l'avoir abandonnée.

— On l'a pas abandonnée ! Ôte-toi cette idée de la tête ! La liberté ça ne s'offre pas, la liberté ça s'acquiert et si c'est pas jouable, on y renonce, chacun sa place !

C'est effectivement ce qu'il avait fait, lui, renoncer. Kamel, ensuite, n'a pas aimé que mon portable vibre à nouveau. Sauf que c'était Eden, un message.

P'pa, ça te fait rien si on va voir jeddah *?*

Après la maison de repos, maman est rentrée chez elle sans rien dire, sans me proposer de venir la chercher, ça ne m'a pas déplu, juste un peu froissé qu'elle puisse se passer de moi. Ce pincement au cœur, je l'ai livré à Leïla qui a apprécié que je me montre sous un jour vaincu mais sans séquelles. Au téléphone, sa voix vacillait enfin, comme si à son tour elle se demandait quelle était la raison de notre séparation.

Et donc l'ascenseur, et la peur de revoir maman, penauds et à court d'arguments. Nous avions tous rendez-vous chez elle pour le grand couscous, les grandes retrouvailles, pas par hasard ou poussés par je ne sais quelle curiosité, mais invités, comme des amis, des adultes dont on allait prendre soin, et c'était déroutant d'être ainsi ménagés. Aller chez maman, chacun redoutait la sulfateuse, le procès, la gifle ou… l'annonce ?

"Tu viendras m'aider" qu'elle m'a dit, quelques jours plus tôt, avec cette voix qui était celle de quelqu'un d'autre, de quelqu'un d'affable :

— Mon fils, je n'ai plus le sens des proportions.

— Moi si, j'ai répondu, comme pour défendre le pré carré culinaire.

— Le chameau ne regarde pas sa bosse.

Encore un de ces satanés proverbes et comme j'hésitais.

— On n'a qu'à faire un couscous aux légumes.

— Oui, t'as raison, juste des légumes… ça va les étonner.

J'étais de toute façon décidé à lui obéir.

Je suis entré chez elle et, pendant quelques secondes, je n'ai plus respiré, mon cœur s'est mis à battre plus vite, dans le salon pas âme qui vive, j'ai appelé :

— Maman ?

Pas de réponses, et encore :

— Maman ?

— Je suis là !

Ouf ! J'ai d'abord vu deux jambes étalées sur la moquette. Elle était allongée de tout son long, sur le ventre et, devant elle, posé à même le sol, un couscoussier fumait. C'était surréaliste, maman brassait sa semoule ventre à terre comme une nageuse et d'une seule main, de l'autre elle se maintenait en extension. J'ai pensé – c'est le bouquet, ma cheville à moi me lâche et elle, elle muscle sa ceinture abdominale…

— Tu veux maigrir ?

— Non, c'est une idée d'Hafida.

— Quoi, de faire du sport ?

— Oui !

— Tu vas me demander de t'inscrire dans une salle, tu vas vouloir un coach bientôt, c'est ça ?

— Tu veux pas que je guérisse ?

— Si, mais, pas trop.

— Mon fils, y a pas de "trop"…

Moi c'est le "pas assez" qui m'a manqué.

Une énergie soudaine lui était venue d'on ne sait où. Son souffle, c'était pas un souffle d'épuisement mais bien celui d'une sportive heureuse d'être essoufflée. Je n'en revenais pas, j'étais même jaloux de cette volonté nouvelle. Elle s'est tournée vers moi rayonnante et trempée, elle m'a tendu sa main :

— Tu veux lécher ?

Ça m'a tétanisé, cette allusion un rien sexuelle, cette impudeur infernale. Elle se rappelait qu'enfant, c'est moi qui demandais à sucer ses doigts gantés de semoule beurrée rance. Je crois que j'ai rougi et je crois que j'ai regretté d'avoir décliné l'offrande, c'était peut-être l'occasion d'être un homme qui s'assume, donc l'occasion de ne plus craindre d'être son fils ? Encore une fois, je lui refusais ce qu'elle attendait de moi grand : la possibilité de l'enfance éternelle.

J'ai sorti mon tablier de chef et soudain… mince ! La connotation féminine ! J'avais oublié, et, à peine le temps de le dissimuler :

— Non ! Garde-le.

— Comment ?

— Garde ton tablier

Et ça m'a fait du bien de le porter, en vérité, du bien qu'elle m'accepte en entier.

En me penchant, j'ai remarqué dans le couscoussier des grumeaux çà et là, vraiment beaucoup, la semoule n'était pas suffisamment roulée.

— Tu veux que…

— Non, tu me laisses faire à ma façon, occupe-toi du bouillon et des légumes, je vais m'allonger un peu.

Elle s'est laissée choir sur le canapé, les deux mains jointes sous la tempe, en oreiller. Je l'ai couverte et ça m'a encore sidéré d'avoir un geste tendre envers elle. Et c'est vrai qu'heureux, on dort différemment : elle a ronflé moins fort que d'habitude, elle grimaçait moins, enfin le sommeil lui tombait dessus comme une plaque de béton, sans l'aide du Lexomil. Tout ce temps, des décennies, pour enfin découvrir qu'il est possible de s'oublier, que dormir ce n'est pas uniquement fermer les paupières mais s'en remettre à soi en toute confiance et qu'on peut se foutre du regard des autres. Dormir, les femmes de sa tribu n'en avaient pas le droit, dormir c'était péché pour une femme, c'est au guerrier que revenait ce droit fossile, et maintenant son guerrier de mari était six pieds sous terre, dors de tout ton saoul, m'man, il ne reviendra pas.

En silence, j'ai émincé mes oignons, les ai fait revenir à feux doux, j'ai ajouté le gingembre, le paprika et mon fameux ras el-hanout, ensuite ma coriandre et mon persil, mes tomates, et j'ai laissé mijoter, il manquait quelque chose… Matoub Lounès ! Et je l'ai vue sourire les yeux fermés. Plus tard, sur la pointe des pieds, j'ai préparé mes pois chiches et mes courgettes, elle dormait encore. L'idée m'est venue de retravailler la semoule, d'ajouter un peu d'eau pour démêler la graine et puis non, c'était son couscous à elle, pas le mien, j'y touche pas.

Je me sentais bien, maman dormait et je veillais sur elle en écoutant Matoub. Elle a semblé rassurée, elle sentait ma présence et moi, je me suis senti utile, tant pis si je ne lui servais que de veilleur de nuit, j'avais trop espéré la combler sans y parvenir, alors, la veiller, c'était déjà ça et je ne voulais même plus que mes frères et mes sœurs viennent déranger ce corps de calvaire sans croix.

Alors certes, on ne s'était pas revus depuis une éternité, c'était presque un malaise d'être tous ensemble, et rien ne justifiait ces retrouvailles si ce n'est ce vœu insensé de maman – je vous veux tous à table. Mais à table pour quoi faire, pour déballer ses saletés en famille ? Elle va peut-être vouloir qu'on l'applaudisse ? J'avais pensé, aussi, à l'annonce non pas d'un mariage mais d'un compagnon qui serait désormais présent à ses côtés, même la version pudique m'effrayait. Et je n'ai pas osé la questionner, profiter d'un moment de faiblesse pour lui demander – t'as quelque chose à nous annoncer ? Et je m'étais senti prêt au mensonge le plus loufoque pour justifier mon absence, et encore au dernier moment – une place de chef, oui, à Lisbonne ! j'ai dû partir précipitamment.

Mes deux frères sont arrivés les premiers, plus curieux sans doute que mes sœurs qui espéraient s'éviter l'assignation en cuisine.

On s'est embrassés comme le vaincu étreint son vainqueur, le minimum requis par la décence, faire croire à maman qu'il restait cette palpitation qu'on appelle la fratrie. Ils ont embrassé maman sur la joue, elle les a gratifiés un par un d'un doux "bonjour mon fils" qui n'a ému personne, pas même moi. Presque par réflexe, l'aîné a suivi l'odeur de la semoule et, depuis la cuisine :

— Hum, ça a l'air bon, ça faisait longtemps !

Kamel, lui, redoutait d'être corrompu par la graine et s'est éloigné sans commentaire, même l'odeur, il la chassait en s'éventant le nez. J'ai voulu dire des choses sympas, des mots bonbons qui mangeaient pas de pain, mais ils ne sont pas venus. On s'est assis.

Mes sœurs sont arrivées une heure plus tard, le mal était fait – pour qui se prennent-elles ? on n'a pas que ça à faire, attendre. Maman ne disait rien, ne savait plus pourquoi elle avait eu cette idée de tous nous réunir, l'instinct maternel sans doute, ou ce qu'il en restait de ses jeunes années. Et c'est pourtant vrai que des fils devenus vieux ne sont plus tout à fait des fils mais des concurrents à la plainte, ils reprennent le flambeau des connards qui confondent vécu et tableau d'avancement. Ouardia et sa cadette ne s'étaient pas faites particulièrement belles, avaient plutôt aiguisé leur humeur, d'une seule couleur. Elles s'étaient certainement concertées – pas question de servir ces égoïstes venus "téter leur mère", encore moins de se retrouver toutes les trois les mains dans la semoule pendant que ces messieurs allaient disserter sur l'opportunité d'un référendum sur l'immigration. Il leur restait, aux frangines, ce dernier soubresaut, cette résistance instinctive, provoquée cette fois par maman, même s'il était trop tard, même si elles ne croyaient plus à la grande redistribution des tâches domestiques.

Elles ont semblé ravies que tout soit prêt, encore plus de ne pas avoir à rendre des comptes ou même s'entendre dire – c'est pas un peu trop salé ? Non, plus question de s'entendre dire quoi que ce soit, pas même un compliment, tout ça c'était fini. Les trois femmes se sont assises côte à côte, c'était pas de l'affection, un simple geste, l'effort de ne pas être totalement hostiles. Kamel, Smaïl et moi étions attablés, sans appétit mais attablés. Les trois femmes assumaient d'être assises sur le canapé, trois mères qui n'allaient certes pas s'embrasser en s'excusant du mal qu'elles s'étaient fait, non, la douleur s'était greffée de part et d'autre de chaque souvenir. Alors ne parlaient que les rides au coin des yeux, des rides comme le marque-page qui rappelle le cours de l'histoire. Enfin décidée, Ouardia s'est mise à minauder pour obtenir la présence de maman au mariage de son fils.

— Pour la Turquie, je peux t'accompagner.

— J'ai déjà quelqu'un pour m'accompagner.

— Elle est turque ?

— Hafida ? Non !

— C'est Hafida ?

Le simple énoncé du prénom d'Hafida et Ouardia a souri, ce prénom, c'était comme un passeport glissé dans sa poche. Smaïl, lui, a retenu les fauves dans sa bouche, Kamel voulait prendre la poudre et moi je dansais sur le fil que tordait le même ouragan dans tous les sens.

Ensuite, entre Ouardia et Soraya, il s'est passé quelque chose… d'abord des regards, avec dedans de la crainte et tout autant l'envie de se risquer à des gestes inespérés. C'est Ouardia qui s'est aventurée à nouveau, d'abord une caresse sur les cheveux de sa sœur, et puis une autre. Sa main, on aurait dit un peigne qui retient des impuretés. Kamel, ça l'a dérangé, cette complicité de femmes, cette féminité tout court, il était pas là pour ça, et puis cette séparation entre hommes et femmes l'asticotait, mettait à nu l'origine, des mœurs salement éculées. Il ne voulait pas faire partie du troupeau venu à la gamelle, servi à l'ancienne. Smaïl tenait sa hanche, ça lui occupait les mains. Moi, par chance, j'allais de la cuisine au salon, je surveillais la cuisson pour de faux. Je crois que j'ai même dit : "c'est bientôt prêt !", comme si tout ce monde était venu pour ça. Bien sûr aucune réaction, ah si, une, hors de propos. Ouardia a proposé à Soraya :

— Ça te dit pas la Mosquée bleue ?

Elle n'a pas eu le temps de répondre, ma petite sœur, que Smaïl a bondi de sa chaise.

— C'est quoi ça, la Mosquée bleue ?! Y a pas de Mosquée bleue qui tienne !

— Qui c'est, lui ? ce fut la réponse, sèche et mordante, de Soraya. T'es qui ? Tu crois parler à ta femme ? J'suis pas ta femme, mets-le-toi bien dans la tête.

— Toi, tu fais ce que tu veux mais maman c'est à La Mecque qu'elle va.

Le monde s'est mis à tournoyer, dans les secondes qui suivaient tout allait brûler et, le couscous jeté par le balcon, on allait se frapper filles contre garçons. Mais non, c'est pas dans l'ADN familial, on était certes emboucanés de vieilles lunes mais pas violents.

— Mais oui, j'irai à La Mecque ! Je vais juste à la Mosquée bleue d'abord, a rassuré maman.

— Tu veux pas aller à La Mecque d'abord ? Comme ça, ce sera fait ? s'est aventuré Kamel.

— Qu'est-ce qui sera fait ? j'ai osé à mon tour.

— Le pèlerinage !

— Hier encore tu disais…

— Hier c'était hier, aujourd'hui j'ai changé d'avis. La Mecque, pour maman, c'est pas la pire des solutions. Et puis toi aussi, espèce d'hypocrite, au fond t'es pas si contre que ça qu'elle y aille, avoue !

— Mais oui, maman, faut que t'ailles à La Mecque ! a enfoncé Smaïl.

On s'est regardés en mesurant le ridicule de nos propos. Trois bons garçons mangeurs de curés et bouffeurs d'imams suppliant leur mère d'aller à La Mecque. Aller vendre des strings à Islamabad ne paraissait pas moins absurde et, pendant que le ridicule nous envoyait par le fond, les filles ont ri, ri… pour une fois, de l'incorrigible fatalité patriarcale ; décidément rien de nouveau sous le soleil, les mecs restent des mecs.

C'est au moment où j'allais servir qu'on a frappé à la porte. Elle est entrée coiffée au cordeau, les jambes longues, les yeux en amande, la bouche épaisse et les seins prêts à éclater.

— C'est moi ! qu'elle a hurlé.

— Ah, ma fille ! a fait maman, et il n'en fallait pas plus pour accrocher une flamme à la mèche. Smaïl d'abord a retourné sa chaise pour ne montrer que son dos, Kamel s'est plutôt aplati sur ses coudes et moi j'échafaudais une gueule de con, de celles qui n'approuvent ni ne désapprouvent. Hafida a immédiatement joué les bulldozers.

— Mais c'est qu'ils sont attablés, les bonshommes, c'est moche, ça… Et mes petites chéries, même pas elles se sont rafraîchi le nez !

Après les avoir embrassées goulûment, elle s'est approchée de nous et a tendu un bras long comme le mépris qui ne dit pas son nom et, au moment de saluer Kamel :

— Mais… c'est quoi ces cheveux ? Il faut venir me voir au salon, on va actualiser tout ça.

— Ouais, ouais, c'est ça, moi je vais te désactualiser.

Ouardia, à cet instant précis, a dû sentir des chaînes exploser, la libérer des pieds à la tête :

— Pauvre connard, tu vas lui parler autrement !

Kamel s'est tu, aller plus loin, c'était se mettre en porte-à-faux avec des idéaux de parité, des principes auxquels il se croyait fidèle. Sa bouche retenait des insanités d'un autre monde. Il ne faisait que ça, retenir.

— Mais c'est rien, Ouardia, j'ai connu pire, ils sont comme ça chez nous, un peu chaud au début, après c'est tout mouton mouton.

— Non, pas eux, a pilonné Soraya… eux, figure-toi, ils sont *de gauche*. On la voit pas tout de suite, l'embrouille.

Hafida, ça lui a échappé, cette notion de "gauche", elle avait été invitée et n'avait pas l'intention de vivre autre chose qu'un bon moment. Pas une seconde, elle n'a craint quoi que ce soit. Pas même lorsque Kamel s'est levé et lui a fait face, elle est restée droite, intrépide, et ce courage a encore soufflé Soraya – et maman aussi qui n'avait jamais assisté à pareille scène, elle qui prenait Hafida pour un genre de boute-en-train aux formes avantageuses, voyait là l'exemple de ce qu'elle n'avait pas osé être. Mais oui ! on peut regarder les hommes dans les yeux, on peut être giflée, battue mais pas vaincue. J'imagine qu'elle a aussi pensé qu'on pouvait être diplômé et se comporter comme le pire des sauvages. Les filles sont restées sans voix, sidérées que cette Hafida puisse prendre les trois frères d'une main et de l'autre leur donner la fessée, oui, sidérées qu'on puisse avoir l'apparence d'une dévergondée et les tripes d'un cascadeur.

— Viens, a dit Ouardia en prenant Hafida par la main.

Maman, elle, a dit :

— C'est bien, ma fille, il faut pas avoir peur.

Mes sœurs ont acquiescé, admiratives, vous pensez ! On veut bien d'elle comme sœur, sûr. Taos a ajouté :

— Fume !

Presque : "défais-toi, mets-toi à l'aise, on va bien voir s'ils ont le courage du sang qui coule". Nous les garçons, on s'est sentis si riquiquis qu'on pouvait rentrer dans nos poches sans se plier.

— Bon les filles, qu'est-ce qu'on fait ?

Deux voix ont repris en chœur :

— On va chez le coiffeur !

Kamel, incontrôlable, a bondi et pointé en direction de maman un doigt martial :

— Toi, tu restes là !

Elle s'est levée, a titubé et s'est écroulée sous nos yeux.

Après son malaise, maman a réintégré le centre de soins ambulatoires et de réadaptation gériatrique. Soraya m'a accompagné, elle voulait voir "l'amoureux", et tout ce petit monde qui trouvait maman "moderne", "exceptionnelle", "trop rigolote", bref une femme à qui elle aurait attribué des adjectifs autrement plus blessants quelques jours plus tôt. Dans la voiture, je l'ai sentie gigoter comme un poulet dans son panier, ses ongles déchiraient la peau de ses poignets, elle tanguait entre une résilience qui l'aurait reposée et l'abandon de toute espèce d'efforts, du coup elle s'est mise à tripoter la boîte à gants, le tableau de bord, comme si elle cherchait dans l'habitacle des éléments qui lui en diraient davantage sur ma véritable personnalité.

— T'écoutes de la musique arabe ?

— Oui, depuis toujours.

On en est restés là, laissant les années-lumière nous garder à distance.

"Elle va mieux", m'avait assuré au téléphone son médecin traitant, le docteur Benhaada, chez qui je subodorais des singeries d'Oriental blanchi. "Les Kabyles ont la peau dure, va !"

En arrivant au centre de réadaptation, il y avait ces regards en biais des femmes qui me dénonçaient – on sait tout, Slimane, toutes ses douleurs, c'est votre manque d'amour, sa cécité, son ouïe, son diabète sont autant de bourreaux nés de son ventre. J'ai filé le museau collé au mur, Soraya furetait plutôt à la recherche du "prince de Tunis", peut-être s'attendait-elle à une arrivée en tapis volant. Je lui avais dit : "tu verras, il a une moustache à la Errol Flynn" (réponse : "c'est qui ?").

Quant à maman, sûr qu'elle a dû raconter une histoire qui allait faire l'unanimité contre nous, sûr qu'elle a dû aisément convaincre ce qui était devenu son fan-club – ils m'empêchent de vivre, ces imbéciles. Je l'ai imaginée entourée de tout le personnel médical, énumérant ses malheurs avec ce qu'il faut d'ahurissant pour susciter toutes les attentions ; l'attention, cette chose qui lui avait tant manqué. Devenir reine en son château, sans doute n'avait-elle pas prévu aussi beau dénouement.

C'est devant un café crème et des biscottes qu'on l'a retrouvée, enjouée et pleine d'appétit.

— Elle boit du café ? m'a chuchoté la frangine à l'oreille.

— Si tu savais… j'ai pas eu le temps de tout te raconter…

— Ma fille ! s'est écriée maman, et j'ai cherché les caméras, le metteur en scène, enfin le plateau et la voix qui dit "moteur".

Elles se sont enlacées, moi j'ai comme disparu. Je savais que je ne l'avais pas assez soutenue alors qu'elle n'attendait que ça, qu'un garçon s'élève pour dire – foutez-lui la paix, elle ne vous appartient pas ! Bref, elles se sont caressé les joues l'une l'autre comme revenues du bout du monde. C'était presque leur chance à toutes les deux, revenir de loin, moi je n'étais à cet instant précis qu'un voisin de palier qu'on se contente de saluer d'un coup de menton.

— Bonjour Taos !

Toutes les quatre minutes, on entendait son prénom dans le couloir, ça m'a sidéré qu'autant de Français au mètre carré l'aient retenu. Faut dire qu'elle gardait sa porte grande ouverte, peur sans doute d'être oubliée par le personnel, oui, fallait qu'on sache qu'elle était là, et tout le monde l'avait bien compris. Et bien sûr, le sol s'est dérobé sous mes pieds quand elle m'a dit : "ferme la porte" et a ajouté à l'endroit de Soraya : "laisse-nous, ma fille". Mon cœur s'est mis à battre si fort que j'y ai plaqué mes deux mains pour empêcher ma poitrine d'exploser.

— Mon fils, je vais peut-être aller vivre avec Hafida. Tu comprends, c'est trop petit chez moi, je ne peux recevoir personne, elle, elle vit dans un T5, c'est grand, et puis elle sera là tout le temps, vous n'aurez plus à vous inquiéter.

— Mais, tu la connais même pas ! Et si ça se passe mal un jour ?

— J'ai pensé à tout : je garde mon appartement. Hafida m'a dit – tu fais le "arn'bi".

— Tu vas faire du Airbnb ?

— Ben oui, pour gagner de l'argent. D'ailleurs, ça intéresse Ayash.

— Elias ?

— Oui ! Et son copain qui est gentil…

— Mais t'as pas besoin d'argent ! T'as vendu ta maison, t'as de quoi voir venir pour au moins dix ans !

— C'est tout ?

— Mais tu crois quoi ? Que tu vas vivre une éternité ?

— *Inch'Allah !*

Ce *"inch'Allah"* m'a catapulté contre la cloison. Et là, je voulais que tout s'arrête, j'ai compris que je n'échapperai pas au sort de celui qui verse son vin dans le tonneau des Danaïdes, que mon crépuscule devenait l'aube de maman. J'ai eu peur qu'elle vive quand je cherchais à me mettre à l'écart du monde.

Le temps d'un gobelet à la machine et la belle Noiseuse nous a rejoints. Le superbe échassier, enroulé dans une serviette de bain, sortait de sa douche. Elle boitait, tout sourire, ne s'appuyant plus que sur une seule canne, elle m'a tendu ses joues sur lesquelles je me suis mollement appuyé et quand elle s'est penchée sur maman, on aurait dit deux amoureuses. Soraya, ça l'a fait rire, tous ces mamours immatures et provocateurs, elles s'étreignaient en se caressant le dos et les joues, en citant des prénoms masculins bien arabes, des nouveaux pensionnaires à coup sûr, tout ça pour me faire partir en toupie. Elles articulaient exagérément des mots comme "ma chérie", "ma belle". Les douceurs n'étaient donc pas mortes ou pulvérisées comme je le croyais par la grande lessiveuse du temps, avaient juste été mises de côté en attendant des jours meilleurs. Mais voilà, mon cœur à moi se cramponnait encore – c'est ma maman à moi, c'est moi qui l'ai sortie de la cage où elle se morfondait, j'ai droit à quelques ménagements, c'est quoi ce hold-up ? Il est à moi le trésor, j'suis à deux doigts de redevenir fils, le fils que j'ai pas assez été, est-ce que je vais tout perdre comme ça, sans explication ?

La Noiseuse s'est emparée du fauteuil avant d'entraîner ma mère et la frangine vers le parc. J'ai entendu :

— Hé, mais c'est quoi ces cheveux.

Maman a répondu :

— C'est parce qu'ils ont des trous dans la tête.

Les dents soudées, je les ai suivies comme un quelconque accompagnateur, un vague aide-soignant, sous le regard moqueur d'authentiques professionnelles *made in Bas-Atlas*.

Tout sourire, Hafida a calé maman sous un bout de véranda ombrée et l'a chaussée de ses Ray-Ban. M'a pas fallu un dessin pour comprendre que j'étais de trop, que j'étais un mec qui se refusait à la femme qui vivait en lui, la preuve : mon dépit et cette douleur à la cheville qui m'a repris quand Soraya est allée s'asseoir à la table du chibani, quand elle lui a dit – c'est vous qui avez pris le cœur de maman ? J'ai regretté d'être le connard de service parce que c'est ce que j'aurais aimé lui dire le premier jour.

Mais voilà... Qu'y pouvais-je si maman avait découvert l'amour, qu'y pouvais-je si elle avait trouvé en Hafida quelqu'une qui ne l'avait pas éreintée de vœux pieux ou de promesses athées, de maladies infantiles, de fièvres qui empoisonnent les nuits. J'ai compris que c'était chouette pour maman d'avoir une fille à qui l'on ne doit rien, à qui l'on n'a rien à reprocher, une beauté tombée des nuées sans haine ni rancœur, et sans progéniture à materner week-ends et vacances comprises, une fille pimpante qui avait fait sa vie et qui lui épargnait les violences conjugales – ces tartes dans la gueule qui ne laissent pas de traces. J'ai senti à nouveau une grosse fatigue me peser, un désir d'être loin de tout, débarrassé du besoin d'aimer, de celui d'être adoré, affranchi de la comédie du fils irréprochable, un Robinson sauvage et sans Vendredi, sans envie de quitter son île, juste en faire l'endroit de mon origine, d'en être tout simplement le premier et le dernier habitant.

L'hiver s'est fait long, interminable. Maman ne m'appelait plus, Leïla avait noté cette obsession à la maison d'aller plus souvent qu'à mon tour me pencher sur un portable qui ne sonnait plus à toute heure. Kamel errait, presque somnambule, avait besoin de réponses urgentes, de raisons de croire qu'il n'était pour rien dans cette déflagration familiale et, bien qu'il ne me portât pas dans son cœur, le dépit le ramenait à moi comme une vague fatiguée du large, j'étais comme indispensable à sa douleur, un réceptacle idéal, il attendait que j'avoue et m'appelait sans cesse :

— C'est n'importe quoi, cette femme, non ? Tu sais qui lui apprend l'alphabet ? Ton fils, Eden !

— Tu es sûr de ce que tu dis ?

— C'est pas moi qui le dis, c'est elle ! C'est elle ! Elle m'a dit, tu sais quoi ? "Je savais bien que j'avais des fils." J'ai failli tout casser chez elle.

— Tu y es, là, chez elle ?

— J'en sors… Il fait quoi, ton fils ? Il se cherche une autre mère, c'est ça ?

— Il est pas le seul, on dirait.

— Et c'est toi qui dis ça ?

Nos voix s'apparentaient à celles de deux orphelins sautant sur la tombe de leur mère pour la ramener à elle – c'est n'importe quoi, cette femme, c'est n'importe quoi !

Comme moi, il se sentait volé, doublé, déshérité par la descendance – sorcière ! Tu nous remplaces !

Chaque appel durait des plombes, Kamel écossait le moindre argument, ne se fiait plus qu'à son dépit. En gros, maman avait été mère algérienne, misérable immigrée, se devait donc de s'en tenir à quelques petits progrès alphabétiques, à la lecture des prix dans les rayons et à la manipulation des télécommandes, c'était bien assez, l'étage supérieur nous incombait et nous avions, toujours, selon lui, assez bien honoré le contrat, *assez bien*, oui, c'est ce que notent les professeurs pour encourager les élèves un peu poussifs, *assez bien*, comme on dit "sympa" qui, comme chacun sait, veut à la fois dire *nul* et *génial*. Toujours selon Kamel, elle allait plus vite que les partitions que nous avions composées pour elle et c'était comme si un musicien de l'orchestre s'emparait de la baguette du chef. Mais, c'est l'idée que maman couche qui lui avait fait perdre la tête, sans doute la voyait-il cuisses écartées et susurrant des *habibi* (mon amour) langoureux, comme si l'option était plausible. Ce qu'il voulait, c'était la haïr, à condition qu'elle reste sa mère d'avant. C'était sa façon de s'émanciper d'elle, de la dominer, de se convaincre que lui avait franchi des paliers autrement plus complexes.

— Faut plus qu'elle retourne dans cet Ehpad.

— Ce n'est pas un Ehpad !

— M'en fous. Ça lui vaut rien, de rencontrer des gens, elle déballe tout comme au souk, moi je propose qu'on s'organise et qu'on fixe un jour de visite à chacun, on est cinq, ça fait les cinq jours de la semaine.

— Et le week-end ?

— On paiera une infirmière.

J'ai pensé – ou une coiffeuse, c'est plus indiqué.

Le centre de convalescence est devenu son lieu de villégiature, à maman, parfois elle feignait des épuisements pour retrouver son amoureux.

Cet après-midi-là, je suis arrivé à l'heure de la sieste pour éviter le personnel. Je m'attendais à tout, à maman en train de réviser son code ou de préparer une chirurgie plastique à venir, et c'était pire que ça. La Noiseuse était derrière elle, une paire de ciseaux à la main. Décidément, j'ai pensé, c'est pas sa mort qu'elle implore, c'est la nôtre. Que faisaient ces ciseaux au-dessus de sa tête ? Elle qui trouvait qu'une femme n'était belle que cheveux longs. À quelle sourate serinée par le Qatar désobéissait-elle ?

Quand Hafida a vu mes yeux sortir de leur coquille, son visage s'est vidé de son sang, même ses cheveux toujours impeccables ont semblé virer gris, perdre de leur volume. Elle a pris l'air le plus désolé qui soit, ses bras sont tombés le long de son corps et j'ai compris que, cette fois, elle agissait à contrecœur, que sa main ne voulait pas couper davantage, c'était un agacement, cet excès, tous ces excès.

— Elle dit que c'est encore trop court !

— Non, pas grave, vas-y.

Les prémisses de la désillusion étaient là, je m'en frottais les mains. J'ai laissé faire, presque heureux de cette première victoire sur ma nouvelle frangine. Maman n'a pas cillé, elle faisait des signes – coupe ! coupe ! C'était irrévocable, ses vœux devaient désormais s'accomplir, les cheveux tomber, sa parole être respectée. Ses ordres provenaient d'un désir, et des désirs, elle en avait à revendre. C'était l'heure, le moment d'obéir, et Hafida comptait déjà les jours heureux. Maman voulait des cheveux très courts pour ne plus en entendre parler. C'était sa seconde étape, se débarrasser de ce qu'elle avait toujours été ou qui lui rappelait le passé. Ensuite, elle a ordonné : “là !”, comme satisfaite de s'être désencombrée. Dommage : les cheveux coupés à ras, on aurait dit ma jumelle en plus moche, en pas assez masculin ou plus assez féminine. J'ai marmonné – merde, voilà quelque chose à quoi tu ne pourras pas échapper, m'man, à la ressemblance. Le v'là ton boulet, tu me ressembleras jusqu'à la tombe : tu seras moi en double, inachevée et colère.

On est descendus prendre l'air et j'ai laissé dans mon sac le paquet de chewing-gums à la menthe destiné à lui rafraîchir la bouche. Une sonnerie a retenti peu après, c'était l'heure des médocs. Une vieille dame dissimulée sous des voiles blancs est passée devant nous, tout engoncée dans son fauteuil roulant, derrière elle, son aîné répondait tristement en français à des choses dites énergiquement en arabe, en les regardant, une évidence : c'est moi.

Pour se dédouaner, ou peut être souffler un peu, Hafida a trouvé judicieux de nous laisser seuls et je n'ai pas voulu du tête-à-tête avec maman, de la confidence… un pressentiment venait de me glacer le sang – non Hafida ! ne pars pas, ne me laisse pas seul avec elle, je sens que je vais souffrir, me cogner des migraines de chameau, je préfère être orphelin, vivre les yeux vitrés de nuits blanches, Hafida ma sœur, reste, fais ça pour ton frère !

Et ce qui devait arriver arriva, il y a d'abord eu une première salve.

— Il est beau, t'as vu ?

— Qui, beau ?

— Mon petit vieux, là. T'as vu la couleur de ses yeux ? On dirait la mer de chez nous.

— Qué mer ? Qué chez nous ? J'ai pas vu… Ah, lui !

J'ai pensé qu'il était bien chétif pour être mon père, qu'il fallait une autre carrure pour me faire un peu d'ombre ou alors à quoi ça servait d'être père ?

Mais ce qu'elle m'a raconté plus tard a tout dépassé, fissuré ma cervelle, disloqué mes os – ne restait de moi qu'une flaque visqueuse qui peinait à infiltrer le sous-sol.

— Il veut m'épouser, il m'a promis de m'acheter une bague, tu sais qu'on s'embrasse ? Si, si ! Je te jure !

Elle riait, moi j'attendais l'arrêt du cœur, j'ai pensé à l'étage, sa chambre, sauter et en finir. Et ce n'était pas la fin du supplice. Maman a raconté avec gourmandise, un plaisir presque sadique, dans le but de me faire passer en un claquement de doigts de l'enfance à l'âge adulte – tu vas grandir oui !

Partout les regards semblaient s'allonger, les oreilles aussi, on nous écoutait et elle n'avait pas honte, au contraire, elle semblait même flattée, flattée de plaire et encore plus que ça dérange les alentours, c'est ce qui m'a achevé. Flattée de raconter ce qu'elle condamnait hier.

Et dire que, récemment encore, je désespérais qu'elle me parle comme à un ami, qu'elle déballe son jardin secret. Quelques mois plus tôt, j'attendais encore ça d'elle, qu'elle se confie, qu'elle se décharge de ses lourds secrets avant de fermer définitivement les yeux, qu'elle m'avoue qu'elle était capable d'aimer un homme, qu'avant mon père, elle en avait aimé d'autres, que son cœur s'était ouvert comme la chrysalide d'un papillon pour un beau gitan du ghetto qui l'avait accueillie les premiers temps quand, déjà mariée, elle s'autorisait le batifolage innocent. Des années que je courais derrière ces aveux et voilà qu'au moment où elle était prête, je ne voulais plus. Je ne voulais plus qu'elle s'étale et délivre de pleins wagons de poses acrobatiques accompagnées de feulements de chienne pas rassasiée – ne dis rien ! plus de khôl aux paupières, ni chants, ni danses, et humer les fleurs, préférer une couleur plutôt qu'une autre, porter des jupes qui ne soient pas plissées, rester sous le pommeau de la douche à s'en brûler l'épiderme.

Moi, je n'étais pas prêt – garde ça pour toi, m'man, c'est trop douloureux, je me suis trompé, t'entends ! Parce que cet amour qui t'a manqué, je sens que c'est celui qu'on ne t'a pas donné, je veux dire, le vrai amour, celui qui fait de vous quelqu'un d'heureux. Non ! Je préfère que tu mentes, mens-nous, mens-moi comme tu l'as toujours fait, parce que c'est le sacrifice d'une mère que d'étouffer ses secrets. Reste cette moelle qu'on suce jusqu'à l'os et qu'on jette quand ce n'est plus qu'un cartilage sec. Mens encore ! On n'est pas à la hauteur, on n'est pas prêts.

J'ai pensé – c'est pas bon de tout promettre à sa mère et pire d'avoir une mère qui y croit et attend son retour sur investissement, une démence démultipliée. Face au sacrifice, on se croit protégé, on croit le bouclier solide, insubmersible, on y compte et on se trompe, car on oublie qu'elle a été une femme avant d'être une mère, que des rêves se sont glissés sous la peau avant le mariage, des rêves de sexe, des doigts se sont glissés partout, des regards mangeurs de poitrine, des pénis insatiables à qui on ordonne de buriner jusqu'au petit matin. Elle fut le garçon de son père mais la femme en elle a réclamé sa part. Elle voulait des enfants, maman, qu'ils lui servent de passeport pour une seconde vie, et rien n'est plus né d'elle après nos naissances.

Il a bien fallu qu'un jour je sois pris la main dans le sac. Eden et son grand frère sont entrés les bras chargés de cartons, vers les neuf heures, comme un fait exprès, pour voir. Pascal Praud évoquait les charters, toutes sortes de moyens de transport pour raccompagner Ali et Mamadou et pas Volodymyr. Elias d'abord, de sa voix cristalline :

— Maman n'est pas là ?

Eden ensuite et la colère accrochée à ses cordes vocales :

— Papa, putain, t'es impossible !

— Quoi ! Y a pas qu'Arte dans la vie.

— Sûr, y a aussi de la merde !

— Eden, merde ! On va pas recommencer ?

L'agacement, cette fois, était réciproque et le mien, incontrôlable. La gifle est partie, puissante, sans recours possible à quelque circonstance atténuante qui soit. Par bonheur, cette gifle n'était que du dépit, elle n'a pas empêché le regret, la culpabilité mortelle, même si Eden a souri tout de suite, comme rassuré qu'un barbare survive en moi, un fils de cette rue de laquelle je l'avais écarté.

Il a filé dans sa chambre, je n'ai pas attendu, les secondes étaient encore chaudes, elles pouvaient sauver quelques meubles, j'ai pris des restes de courage et ouvert la porte de sa chambre.

— Je sais pas ce qui m'a pris, pardon.

Il souriait.

— J'suis content que tu m'aies cassé la mâchoire.

— Et moi ? a fait Elias en sortant de sa chambre, on me casse rien ?

Bien sûr, Eden voulait dire – je suis content que tu sois toi-même, et pas ce père idéal auquel tu t'es cramponné toute ta vie.

Ensuite, un silence et maître Goldnadel qui affûtait du migrant avec le verbe qui va bien et enfin, une question :

— Qu'est-ce qui t'arrive, p'pa ?

— C'est ma mère qui me rend fou, ne m'en veuillez pas… je deviens maboul…

— T'es pas clair, p'pa !

— C'est un petit vieux qu'elle a rencontré, elle m'a dit comme ça : "il m'aime, il veut se marier avec moi, il veut m'acheter une bague et une maison" !

— Et ?

— Et j'ai pas voulu.

— Pas voulu quoi ?

— Pas voulu qu'elle me raconte, pas voulu qu'elle tombe amoureuse.

Je pesais le côté farce, incongru, de ma réponse mais j'étais décidé à parler pour de vrai et le "pour de vrai" était condamné au ridicule, une fois de plus.

— T'as pas voulu quoi exactement ?

— Qu'elle aime, bon sang ! qu'elle aime !

L'absurde pesait bon poids, le récit manquait de brio, d'humour, d'acide, car mes deux enfants se refusaient au ridicule, m'interdisaient d'être un père connard, fallait que j'aie du panache à tout prix, toujours, tout le temps. Et moi, je sentais que je tirais vers l'abîme des enfants qui ne demandaient qu'à être élevés.

— Pourquoi t'en ris pas ?

— Pardon ?

— Toi qu'as tant d'humour, pourquoi t'en ris pas, de tout ça ? T'étais pas comme ça, t'étais tout le contraire, tu disais "la famille c'est de la merde", tu disais "la famille c'est un boulet".

Encore un silence et j'ai livré le reste de la benne.

— Je suis resté le fils de mon enfance… faut pas… c'est comme si j'attendais encore d'être bordé, consolé. Y a un moment où il ne faut plus être le fils de sa mère.

Cette dernière réponse correspondait davantage aux critères requis par la tribu. Mais une flèche plus affûtée que les autres m'a traversé le cœur.

— Deviens-le.

— Comment ?

— Deviens ce fils qui n'a plus besoin d'être dorloté !

— J'ai essayé, tu crois que c'est facile ?

Ils avaient devant eux un fantôme au drapé sans volume, une ombre qui volait bas et qui n'effrayait plus les habitants du château.

Par chance, il y a eu ce coup de fil, plutôt une vibration dans ma poche, qu'ils se sont mis à fixer, je l'ai sorti. C'était maman. J'ai retourné l'appareil qui s'est tu, j'ai dit :

— C'est l'amoureuse.

Et tout s'est détendu d'un coup, les visages, nos gestes aussi ont recouvré un peu de souplesse. Et j'ai donné envie, donné envie de la connaître, la femme dont j'avais escamoté le portrait, ce n'était plus la vacharde bourrue salement décrite par mes soins mais une reine berbère, une Catherine de Médicis frisée.

— Mais c'est qui ce mec ?

— Un Tunisien.

— Un tunar ?

— Vas-y, raconte la *love story*, s'il te plaît, p'pa.

J'ai vu briller leurs yeux, un feu d'artifice, presque une récré.

— Et ?

— Elle lui faisait les yeux doux, vous y croyez ? Lui était là, un peu plus loin, il lui a adressé un signe de la main, peinard.

— Et ?

— Et elle lui a fait signe à son tour, devant moi, quoi... On aurait dit qu'il avait vingt ans tellement il était heureux, elle aussi avait vingt ans – et moi, cent, c'est ça qui m'a fait mal.

— Et ?

Je l'ai racontée, la *love story*, avec des mots simples, comme on improvise un plat avec les restes du frigidaire, c'était bien agréable d'étaler les choses sans fioriture, et même si je faisais face à deux êtres sidérés que, moi-même, je puisse l'être pour un simple signe de la main. Ils se sont à nouveau sondés. Sans doute envisageaient-ils, eux, que leur mère puisse aimer quelqu'un d'autre que leur père, sans doute que ce n'était pas souhaitable mais qu'il n'y avait pas pour autant mort d'homme, sans doute l'envisageaient-ils davantage que leur mère elle-même, et aussi que les liens pouvaient recouvrir entre "recomposés" un quelque chose d'amical ou de civilisé, qu'on pouvait, par exemple, se retrouver à table entre ex bien élevés. Tout ça, pour moi, même pas en rêve, voir le nouvel amant de mon ex se pencher sur elle pour un bécot sur le nez, c'était inenvisageable, je me voyais plutôt lui fracasser l'arrière du crâne à coups de tesson de bouteille, un truc sauvage avec des mots polis, tout moi – tu veux bien t'éloigner de mon ex-femme en ma présence ? Et peut-être, bonheur sublime, voir Leïla bondir et l'allumer à son tour – tu veux bien ne pas m'embrasser devant mon ex-mari ?

En attendant, ils étaient là, mes deux géants aux os tendres, à prendre la mesure de mon aliénation.

Même l'émission qui résumait le foot de la semaine les a laissés indifférents, on entendait – *but de Payet !* et pas la moindre réaction.

Je les ai regardés, ils étaient ensemble, solidement liés et ligués contre moi, je crois que j'ai préféré cette image de frères solidaires à toutes les preuves d'amour que m'aurait soudain prodiguées ma mère.

On s'est vus une dernière fois, avec les frangins. Les filles s'étaient offert un week-end à Valras-Plage avec maman, ça, on l'avait pas cru. On ressemblait à trois juges sans mission, sans légitimité judiciaire, libres de dire n'importe quoi, surtout n'importe quoi qui puisse faire du bien, il ne nous restait plus qu'à juger pour juger, nous juger les uns les autres, juger sans qu'on nous juge, et on tirait maman par la jupe pour qu'elle n'entre pas dans la chambre nuptiale – non, ne va pas baiser, m'man, c'est sale !

Alors l'idée, c'était de la punir, lui faire passer le goût d'elle-même, le seul point d'accord était là, une punition.

— Qu'est-ce que t'es allé remuer cette merde, t'avais besoin de tunes ? – c'était Smaïl.

— Et toi, pourquoi tu tiens tant à La Mecque, t'as peur de quoi ?

— J'ai pas peur, j'ai honte, tu comprends, j'ose plus sortir dehors.

Et j'ai vu une vraie peine, un vrai désarroi qui infusait nos vêtements, nos cheveux troués, les regards à l'agonie, je nous voyais main dans la main sauter par-dessus le balcon. Ensuite, j'ai dû dire

– laissons-la vivre, ou quelque chose de cet acabit, qu'est-ce que ça nous coûte ?

— Qu'est-ce que ça nous coûte ?! Regarde-moi, Slimane, on m'a laissé vivre, moi ?

J'ai regardé mon vieux frère, j'ai vu un éboulement, des yeux rescapés d'un tas de déveines, on aurait dit ma mère en homme.

Plus tard j'ai ajouté :

— Elle n'est quand même pas seule coupable.

La terre a tremblé à l'idée d'une culpabilité partagée et une escarmouche est partie sur ma gauche.

— Toute seule, non.

C'était Kamel, j'avais saisi l'allusion et je me suis refusé à la bataille rangée, au règlement de comptes final, j'allais pas rajouter au tribunal de ma mère ma propre mise en accusation, j'en étais plutôt à fixer la mort des miens pour la postérité car, c'était sûr, après cette mort symbolique de maman, plus rien ne nous unirait sinon devant sa tombe, et ça m'a donné le courage d'envisager l'issue fatale.

— Elle sent que c'est la fin et elle veut pas mourir comme elle est née.

— C'est quoi ça ? Parle français ! – encore Smaïl.

— Non, je vais parler chinois, on se comprend pas quand on parle français.

— Parle pour toi ! – c'était Kamel.

On s'est détruits lentement, méticuleusement, avec l'assurance de nos pires sentiments.

Maman, Hafida, Soraya et Ouardia sont rentrées de Turquie. Le seul voyage de ma mère, l'unique tampon dans son passeport, peut-être pas le dernier.

Elles sont rentrées plus tôt que prévu. C'est un coup de fil du directeur du centre de convalescence qui m'a averti – monsieur Kaoui, c'est une bien triste nouvelle, l'ami de votre mère, monsieur Châbane, vient de nous quitter.

Quand j'ai raccroché, j'avais oublié la présence de ce manouche qui inspectait mon truck sous toutes les coutures.

— Il est choukar ton camion, cousin, pas une bosse, mon grand-père ! Tu l'as bichonné.

Je crois qu'il ne s'est pas aperçu que je venais de basculer dans un précipice sans fond, mon corps chutait sans espoir d'être fracassé, juste l'effroi de tout voir venir. Il ne s'est pas aperçu qu'il parlait à une ombre.

— J'va pas vendre des merguez, moi, c'est pour la ferraille, enfin le cuiv'. T'en as pas, cuiv' ? T'as vu, c'est pour fair' raillav' la famille.

Et je n'atterrissais toujours pas, presque j'entendais les supplications de ma mère – Dieu, abrège mes souffrances. L'envie m'est venue de me convertir, oui ; un Dieu musulman, pourquoi pas ? Qu'est-ce que j'en avais à foutre de ne pas retrouver Bocuse et les Troisgros sur le gril.

— Tu me le lâchons pour trois mille ? Personne t'en donnera plus. Ton camion, tu vas plus rien en faire…

J'ai hoché la tête, pas voulu jouer au brocanteur. J'étais seul au monde, et j'aurais voulu qu'à ce moment précis mes deux grands soient là, à mes côtés. Je leur aurais dit – mes enfants, j'suis content d'être votre père, content que vous m'aimiez comme j'aurais aimé que mes parents m'aiment.

Accroché à mon portable, je crois que je n'ai pas ouvert la bouche, pas dit "merci", ni "au revoir" au directeur, juste senti mon cœur pressé par une main criminelle avec la sensation qu'on l'arrachait de ma poitrine. J'ai gardé mon téléphone en main comme s'il était possible de retenir le temps, de retourner à cette minute d'avant qu'il sonne, de le broyer avant cette annonce funeste, et je l'ai maudit de permettre à un coup de fil de vous clouer sans ménagement, maudit que l'appareil n'ait pas cette fonction de vous avertir qu'il porte une mauvaise nouvelle, pas le temps de se préparer. Et je ne savais pas ce qui me faisait le plus de peine. Était-ce l'irrésistible sympathie de mon vieux chibani ? La douceur qui émanait de sa personne ? Dans sa voix, la qualité de son verbe, cette délicatesse qui grandit l'interlocuteur ou bien le bonheur qui à peine éclos rend l'âme, comme exprès pour vous punir de l'avoir espéré. En tout cas il m'avait emporté ce petit papa de substitution comme la vague qui vous arrache à l'île du diable.

J'ai senti ma peine inconsolable, injuste. Cet homme-là ne m'aurait pas dit "tu fais la cuisine", mais "tu cuisines", il m'aurait respecté dans ma peur de sentir maman m'échapper, oui, cet homme-là m'aurait dit – c'est normal qu'elle vous échappe comme vous rêviez de lui échapper, quand on est vieux, on est de grands enfants, on veut *s'échapper* ! On veut du sucre, manger avec les doigts, se les fourrer dans le nez, on veut même se permettre ce qu'on a interdit – et je sais de quoi je parle, regardez : je suis seul.

Terrible, ce sentiment d'un père qui vous claque entre les doigts, un père, bon sang ! Choisi, pesé, adopté. Il m'aurait dit "oui", à coup sûr – oui, je veux bien être ton père. S'entendre dire "oui", voilà ce qui lui avait manqué, à maman, c'est ce que je venais de comprendre, ce "oui" que je n'ai pas eu le temps de prononcer, pas "oui" qu'il soit mon père, un "oui" pour ma mère puisque tel était son vœu.

Je crois que je m'étais fait à l'idée. Il m'avait ému, ce bonhomme, comptant ses jours et luttant à mort pour que les derniers soient les plus beaux. Maman, en se montrant rieuse et battante, l'avait délicieusement grisé. L'envie m'a pris bien sûr de m'aplatir la tête la première contre un mur, d'abord pour avoir voulu refuser ce plaisir à maman, un plaisir rien qu'à elle, et pire, de n'y avoir rien vu d'autre qu'une offense. Je m'en mordais les doigts, de ce rendez-vous manqué. Des parents tout neufs. Oh, l'immense gâchis ! c'est ce que je me répétais. Des parents en double sans les tares des premiers ! C'était une aubaine inespérée. Puis, me suis assommé de reproches – t'es trop con, mon pauvre Slimane, c'est pour ça que tu n'auras pas de seconde mère, ni de second papa. J'ai presque souri en pensant que j'avais failli l'appeler papa.

Mon parti pris : annoncer la nouvelle à maman sans détour et, jusqu'au dernier moment, je n'avais pas trouvé la formule.

— Maman… c'est les yeux bleus.

Bien sûr que je n'ai pas eu besoin d'en dire davantage, bien sûr qu'elle ne s'est pas répandue. Je suppose qu'elle s'attendait à un coup de griffe, aux coups de canif qui ont jalonné chaque heure, chaque minute de sa vie. Jamais elle ne s'était imaginé le calme d'une mer d'huile.

Dans le carré musulman, nous étions si peu autour de la tombe. L'hommage me semblait radin, j'ai tenté de me consoler en pensant à la qualité des présents, à la sincérité du chagrin. Et puis, j'étais fier que les filles soient au premier rang, fier parce que chez nous, on n'autorise pas les filles dans les cimetières, généralement, on les garde à distance, parce qu'elles ont des cycles impurs, alors on voit des petits tas d'abayas et de foulards agglutinés au loin. Je crois qu'il aurait aimé cette image, mon petit Tunisien, de femmes en rond tout autour de son dernier trou. Hafida, étonnante avec son foulard qui couvrait des cheveux pourtant décidés à être vus, une longue gabardine sombre la drapait d'une espèce de noblesse bourgeoise. Ouardia, engouffrée derrière de grosses lunettes noires, était soutenue par Soraya que de grosses larmes aveuglaient. Maman a voulu plaire une dernière fois à celui qui l'avait trouvée irrésistible en Adidas, et ce fut la totale. Avec son large pantalon à carreaux, on n'aurait pas dit le dernier mais le premier des jours heureux. Les

Ray-Ban, c'était au cas où, parce que c'est toujours les yeux qui trahissent. Elle s'est contentée de caresser le cercueil en parlant à haute voix.

— Mon ami, disait-elle, mon ami… Dieu sait que je ne t'ai pas regardé comme un homme, c'est ton âme qui a caressé mes yeux, mes mains, mon cœur.

Personne n'en menait large et j'ai senti Leïla m'écraser l'avant-bras.

— C'est la volonté de Dieu et s'Il m'a punie parce que je t'ai quitté quelques jours, alors je ne regrette rien parce que tu m'as dit : "va ! découvre le monde avant qu'il ne soit trop tard, moi je n'aurai pas le temps"… Tu m'as aimée avec toutes mes faiblesses, c'est donc que tu étais un ange… avec toi, je me suis envolée.

Je crois qu'à ce moment-là, j'ai un peu pouffé, je voyais la maternelle au-dessus du cercueil, harnachée à d'immenses ailes aux couleurs des yeux de son bien-aimé, maman gloussant des "coucou ! je suis là mon amour, je fais un bout de chemin avec toi".

Pourtant avec mes frères on s'est sentis fouettés parce que bien sûr que maman ne parlait pas à un cadavre refroidi, elle nous parlait à nous, ses garçons, à tous les garçons, à l'immensité masculine. Elle disait à un mort ce qu'elle avait rêvé de dire à aux vivants – vous n'aimez chez la femme que l'idée qu'elle soit femme.

L'imam, gêné par ce qu'il a pris pour de l'impudeur, a fait signe pour la levée du corps. Il a désigné Kamel et Smaïl, qui ne se sont pas fait prier, les forces n'y étaient plus pour une contestation, fût-elle symbolique, et j'ai suivi parce qu'on n'enterrait pas un inconnu mais une moitié de maman, sa promesse de bonheur. Eden, Elias et Antoine ont aidé au lâcher de cordes. Une première sourate est partie et les mains se sont jointes, mécaniquement. Seule maman connaissait la prière des morts. J'ai joint mes mains aux autres sans crainte de trahison, juste le plaisir d'un jeu qui ne me coûtait rien. Autour de nous, pas de radiateurs qui peinent à réchauffer trois cents mètres carrés de prétentions architecturales, point de nef, ni de crucifix accroché dix mètres au-dessus des crânes, le carré musulman dominait juste la plaine et découvrait les contreforts enneigés de mes vieilles Pyrénées. Et puis, quelque chose nous a sortis de l'espèce de léthargie provoquée par la longue prière. Des mots, dans la langue de Molière.

— Mes chers amis, mes sœurs, mes frères, nous sommes là pour un dernier hommage… Je ne connaissais pas cet homme mais vos visages me parlent de la qualité de ce père tant regretté. Je vois cette peine et je sais que vous avez eu le meilleur des maris, le plus doux des pères, le grand-père, l'oncle que bien des familles envient, il sera pleuré longtemps après sa mort mais sachez que Dieu réserve auprès de Lui des places rares. L'une d'entre elles lui est déjà réservée. Qu'il soit béni de vous avoir transmis le respect de tous, la compassion, l'amour dans ce qu'il a de plus noble.

Sans le savoir, cet imam venait de lier maman au petit Tunisien pour l'éternité comme par une vie d'amour post-mortem, nous venions d'enterrer un père ou quelque chose qui y ressemble. Qu'il était bon qu'il ne sache rien de notre histoire, cet imam, ainsi tissait-il avec ses mots des liens qui n'avaient jamais existé en vrai. C'était si bon, de croire, quelques minutes, que nous étions une famille, tout simplement une famille. Croire qu'il restait en nous quelque chose d'humain. Il me semble que Guillaume a été ému, que Boris, à sa façon, a senti quelque chose palpiter dans sa poitrine. J'ai aimé qu'ils soient – que nous soyons tous – pris dans le vertige d'une famille "recomposée".

Quant à moi, j'ai fini par comprendre que j'avais couru derrière une mère pour l'illusion d'être fils comme derrière une apothéose, fils comme un diplôme de grande école, fils pour m'entendre dire cette trinité – bravo mon fils, grâce à mon fils, merci mon fils. Me fallait ce compliment pour exister, effacer la difficulté du parcours, il me fallait la bénédiction d'une mère déesse aux pieds de qui j'allais déposer les plus beaux trésors, fallait que je la comble de "oui", enfin, que je la comble désespérément, envers et contre elle, et dire qu'elle n'en demandait pas tant.

On a quitté le cimetière. C'était drôle, maman marchait devant et personne n'a osé lui emboîter le pas. Étrange que ce soit la plus âgée qui ouvre la marche, qui montre le chemin. Après la multitude d'assauts pour qu'elle reste à sa place, tous les coups de boutoir pour l'asseoir au coin du feu afin qu'elle joue les conteuses des temps féodaux, ici tout se renversait. Chamboulé, l'ordre patriarcal. Maman s'en tapait le coquillard des fables qui faisaient la part belle aux hommes ou qui sublimaient des princesses écervelées, ravies d'être à la botte des maîtres des lieux, cette fois, c'est elle qui saisissait le manche pour indiquer la direction, montrer qu'autre chose était possible. À défaut de convaincre la vaste humanité, elle savait le putsch jouable au sein de sa tribu, et ça lui suffisait. La preuve : pas un absent pour la marche funèbre et personne pour prendre le risque d'une déchirure définitive. Chacun voulait appartenir à ce clan qui n'en était un que par la simple présence de cette femme butée et solaire à la fois. Le besoin était là sans doute pour tous d'un socle qui tienne le coup, et chacun s'en était convaincu, il faut un socle pour se dresser et cette femme-là en était un, sans vous dispenser des uppercuts à vous décrocher la mâchoire. Oui, on acceptait enfin cette banale évidence qu'il n'est rien qui s'obtienne sans y laisser des dents, sans quelques hématomes au fond de l'âme.

Voilà, c'était son jour, c'était sa nuit, parce que rien n'est éternel. Ouardia, Soraya, Hafida et Leïla ont donc formé derrière elle un carré de gardes du corps, et, moins gardes que cœurs battants, ont suivi Eden, Elias, Antoine et Guillaume. Kamel, Smaïl et moi avons fermé la boucle.

Vue du ciel, c'est elle qui absorbait le plus de volume, on aurait dit un char et, derrière, des véhicules à deux roues, espèce de légion parfaitement disposée, mais pas romaine. Plutôt une cohorte aux mille identités et ça ne fâchait pas maman qu'on soit ça, multiples et fidèles au même étendard.

En surplomb, j'ai vu un bouclier, peut-être un cheval de Troie, et cette délectation de tromper l'ennemi sans armes ni violence, juste la ruse, c'était bon de se sentir précurseurs de quelque chose, ensemble.

Alors va, m'man, trace-le, ton itinéraire bis, il ne pourra pas être tout à fait inutile, il en est même d'indispensables… Va ! Et tu verras qu'on s'embrassera devant toi, on se pardonnera tout, on s'attablera à nouveau, oui, on se dira qu'on s'est manqué, promis on cherchera pas à être ton préféré. Tu verras, chacun s'accusera d'avoir été la source de tous tes malheurs, chacun reconnaîtra ses fautes, les véritables et les imaginaires, les justes et les injustes, et nos petits monticules de culpabilité, on en fera des pâtés de sable pour que le vent les emporte… Et puis, avec tout ce temps qu'on va gagner, on va te regarder, maman. Te regarder, toi. Debout, libre, vivante. C'est l'heure, quoi !

OUVRAGE RÉALISÉ
PAR L'ATELIER GRAPHIQUE ACTES SUD
ACHEVÉ D'IMPRIMER
SUR ROTO-PAGE
EN DÉCEMBRE 2023
PAR L'IMPRIMERIE FLOCH
À MAYENNE
POUR LE COMPTE DES ÉDITIONS
ACTES SUD
LE MÉJAN
PLACE NINA-BERBEROVA
13200 ARLES

DÉPÔT LÉGAL
1re ÉDITION : JANVIER 2024
N° impr. : 103956
(Imprimé en France)